El soldado desafinado

Seix Barral Biblioteca Formentor

Gilles Marchand

El soldado desafinado

Traducción del francés por
Lydia Vázquez

Título original: *Le Soldat désaccordé*

Seix Barral, un sello editorial de Editorial Planeta, S. A.
Avda. Diagonal, 662-664, 08034 Barcelona (España)
www.seix-barral.es
www.planetadelibros.com

Primera edición: noviembre de 2024
ISBN: 978-84-322-4410-0
Depósito legal: B. 18.412-2024
Composición: Realización Planeta
Impresión y encuadernación: CPI Black Print
Printed in Spain - Impreso en España

A Milo y Elliot

En Verdún, en el transcurso de un relevo, una división deja de media cuatro mil hombres. La tierra misma cambia de forma; las colinas, bajo el efecto del cepillado de los obuses, pierden su relieve, sus contornos. El paisaje reviste ese aspecto nunca visto, de un lugar reducido a la nada, esa apariencia ruinosa de hormiguero y serrín, donde astillas, fetos, restos de cosas mezcladas como la paja en un pan de mala calidad recuerdan que hubo bosques, fusiles, camillas, no se sabe qué triturado allí. Ya no vivimos..., no dormimos, no comemos, colocamos a los muertos sobre el parapeto, ya no recogemos a los heridos.

Esperamos el momento fatal sumidos en una especie de estupor, temblando como en un terremoto, en medio de un estruendo demencial.

Carta homenaje a Émile Gillet,
expuesta en el fuerte de Douaumont

1

No me fui con la flor en el fusil. De hecho, no conozco a nadie que se lo tomara así. La imagen era ciertamente bonita, pero no reflejaba la realidad. No imaginábamos que el conflicto fuera a eternizarse, evidentemente. Nadie podía preverlo. Creíamos que pasaríamos el verano bajo el estandarte tricolor y que volveríamos en otoño con Alsacia y Lorena al hombro. A tiempo de recoger la cosecha, de la vendimia o de seguir apretando tornillos en la fábrica. A decir verdad, esa historia fastidiaba a bastante gente. Teníamos mejores cosas que hacer que ir a darles de mamporros a los vecinos. Sin embargo, sabíamos que llegaría: nos habían preparado bien para esa idea. A fuerza de contarnos que eran nuestros enemigos, acabamos por creérnoslo. Así que, cuando pasaron por Luxemburgo y Bélgica, no había muchos que les encontraran circunstancias atenuantes. Fuimos numerosos los voluntarios para ir a explicarles que eso de invadir países neutrales no se hacía.

Dejamos a nuestras mujeres y a nuestros hijos, quienes los teníamos. Me acuerdo de Anna en el andén de la estación. Sola en medio de sus amigas. Y yo, solo, asomado a la ventanilla de mi pobre vagón, rodeado de varias decenas de cabezas y de quepis. Cantábamos, gritábamos, pero estábamos solos. Son los adioses. Son así. Por mucho que se ponga de decorado a una muchedumbre, esta no puede competir con la soledad.

Si hubiéramos sabido.

De mis camaradas de vagón, ¿cuántos volvieron en 1918?

Los muertos oficiales, los desaparecidos, los mutilados... ¡Menudas pintas habría tenido el vagón de vuelta!

En mi caso, mi destino se selló rápidamente: perdí una mano en otoño de 1914, así que se acabó mi participación en los combates. A pesar de todo, quería ser útil a mis camaradas. Con la estupidez propia de mi juventud, me creía indispensable. Me confiaron distintas misiones relacionadas con el abastecimiento y el transporte. Ya no participaba en los combates pero me encontraba lo bastante cerca como para oler la pólvora. De 1915 a 1918 fui de una punta a otra del país. Chófer aquí, cantinero allá. En todas partes hacía falta un lisiado siempre dispuesto. Afanándome en cualquier tarea con tal de ser útil a mis camaradas, a mi país, a mi patria. Ese tipo de historias me contaba yo entonces.

Con una mano menos, imposible para mí volver a la vida de antes.

Después de la guerra, un antiguo compañero de armas me presentó a una tal Blanche Maupas. Investigaba acerca del caso de los caporales de Souain y necesitaba a alguien como yo.

Removía cielo y tierra para probar que habían fusilado injustamente a su marido. Pasó en ello casi veinte años. Y, si hubieran hecho falta treinta, habría obrado de igual manera. Un hermoso ejemplo. Apeló a la Liga de los Derechos Humanos, corrió de ministerio en ministerio hasta el Tribunal Supremo. Citas anuladas, solicitudes rechazadas..., pero ella nunca se dio por vencida. El pobre Théophile fue fusilado para dar ejemplo junto con otros tres camaradas por «negarse a cumplir la orden de ataque». Lo que sucedió es que aquello era un caos, que nadie entendía nada de nada, que se bombardeaba y se ametrallaba sin parar, y que la artillería francesa no estaba a la altura de la enemiga.

Blanche Maupas me lo enseñó todo: el método, la abnegación, el sentido del detalle, las redes de información, la importancia de la opinión pública, las diligencias judiciales.

Cada vez que Blanche necesitaba algo, la ayudaba. Estuve a su lado en febrero de 1920, cuando el Ministerio de Justicia rehusó examinar el dosier. También estuve ahí en marzo de 1922, cuando el Tribunal Supremo rechazó su recurso. Cuando volvió a rechazarlo en 1926, yo estaba ya con el caso Joplain, del que me ocuparía durante más de diez años. No obstante, acudí junto a ella cuando, por fin, los caporales fueron rehabilitados por el Tribunal Militar Central, en 1934. En esa época casi no nos veíamos, pero nos escribíamos de vez en cuando. Hacía ya cierto tiempo que, de forma paralela, yo trabajaba para distintas asociaciones o diferentes comités que obraban en pro de la rehabilitación de los que fueron fusilados ejemplarmente. Y recorría el país para que una familia pudiera encontrar los restos de un soldado que nunca volvió.

Llevaba demasiado tiempo empecinado en el caso Joplain. Ya estaba dando que hablar en ese mundo nuestro tan reducido. Blanche Maupas fue la única que me dijo que tenía razón en empeñarme. Debía continuar. Había envejecido pero parecía más serena que nunca. En aquel momento entendí que no descansaría hasta que resolviera aquel caso.

Algo más de veinte años después, estalló otra guerra. La «última de las últimas» no fue la última. En realidad, yo nunca dejé la guerra. Para mí, empezó en 1914 y sigue hoy. Heridos, muertos, monumentos, conmemoraciones y desfiles. Y todo para volver al punto de partida.

El único medio de rehabilitar a un soldado era aportar un elemento nuevo. No tenía más remedio que cruzar el país de parte a parte haciendo preguntas. Muchas preguntas. Cada vez más preguntas.

Las respuestas no llegaban automáticamente. Los veteranos no siempre eran muy habladores. Pero yo tenía un truco que hacía que confiaran en mí. Mi aire infantil, un poco perdido. Y, además, había hecho la guerra, lo cual era una gran ventaja. No era uno de esos emboscados que se habían buscado un pretexto para quedarse en la retaguardia, y eso se veía. Enseguida entendí que era algo que debía hacer: poner bien en evidencia la ausencia de mi mano izquierda. La mirada del otro no engañaba. Yo añadía:

—Batalla del Marne.

Por supuesto, a veces me soltaban:

—Si no estuviste en Verdún, no te enteraste de la guerra.

Pero, claro, no era culpa mía si me hirieron al principio de las hostilidades.

En resumidas cuentas, éramos compañeros de armas, incluso si no estuvimos en los mismos sitios, incluso si yo no duré tanto tiempo. Me dejé una mano allí, y no todos podían decir lo mismo. Además, veníamos del mismo medio. Puede que yo fuera más locuaz que otros, pero se veía que no venía de familia rica.

Cuando la has catado, la guerra se te queda dentro del cuerpo, pegada a la piel. Puedes vomitar, puedes rascarte hasta sangrar, lo que quieras, nunca se irá. Está en ti. Así que volvía una y otra vez. Seguía oliendo a ceniza y a pólvora. Las cruces se extendían hasta el infinito. Y yo seguía investigando, incansablemente. Durante la década de 1920 y buena parte de la de 1930, ejercí ese extraño oficio de investigador.

Algunos vivíamos de eso. Quizá porque no conseguíamos pasar página. O porque deseábamos un poco de justicia después de aquellos años de injusticia. Escuchábamos historias, escuchábamos leyendas.

La Hija de la Luna, oí hablar de ella así:

—Ya no quedaban flores, así que ella hacía ramilletes de obuses.

Esa frase, aún hoy, sigue trotándome en la cabeza.

Es sorprendente ver cómo funciona la memoria. No me acuerdo del nombre del soldado que me habló del ramillete de obuses. Sin embargo, sigo oyendo su voz. Le preguntaba acerca de la ejecución injusta de sus amigos, y lo que él quería contar era la historia de una mujer que apareció la noche siguiente. Como si tuviera que enterrar sus malos recuerdos bajo algo mágico.

—No quedaban árboles, ni animales ni vida. Así que flores, imagínese. Ella iba avanzando en medio de la oscuridad, se agachaba, recogía un casquillo y lo metía en el zurrón que iba golpeándole los muslos a cada paso. No sé cómo se las arreglaba para que no le dispararan. Se contaba que no podían verla porque la luna solo alumbraba de nuestro lado. Por eso la llamaban «la Hija de la Luna». Había quien afirmaba que solo vivía de noche. Por el día, desaparecía. Se volatilizaba. Nadie sabía cómo llegaba hasta allí. Echaban una ojeada por encima del parapeto y ahí estaba ella.

2

Todo empezó una mañana de 1925.

Llamaron a la puerta para entregarme un sobre. Un nombre, la dirección de un restaurante y una frase para precisarme que me había recomendado Blanche Maupas en persona.

Me convocaba una tal Joplain, de nombre Jeanne. Sin más indicaciones. Mi pensión era pobre, mis investigaciones me daban poco dinero y tenía un alquiler que pagar. No podía andarme con muchos miramientos.

No conocía a ninguna Jeanne Joplain, y el nombre del restaurante no me decía nada. Por el contrario, la dirección me hizo deducir que debería ir bien vestido. No puede decirse que fuera la persona más elegante de la capital. Había pasado tanto tiempo recorriendo cementerios militares, ciudades destruidas de campanarios hundidos, pueblos reventados, antiguos hospitales y refugios de guerra que había perdido la costumbre de la plancha y el cuello almidonado.

Debajo de mi casa pude encontrar a un cara partida que trabajaba de limpiabotas. Nos conocíamos un poco. Si es que se puede conocer a alguien que casi no es capaz de articular las palabras ni mirarte a los ojos. La primera vez que lo vi, me asustó. Uno no se acostumbra a esas ausencias de cara. A modo de excusa, le enseñé mi muñón. Él se encogió de hombros. Pasaba de mi muñón. Me sentí estúpido. Evidentemente, él habría intercambiado con gusto nuestras heridas.

Estaba ahí los martes y los jueves. El resto del tiempo se iba a otros barrios. Lo acompañaba siempre un acordeonista ciego que tocaba viejas cantinelas o recitaba en alejandrinos historias «sorprendentes y verdaderas» de la guerra. Les daba a cada uno una moneda por limpiarme los zapatos y por contarme historias.

Mis viejos zapatos parecían algo menos miserables cuando llegué a la dirección indicada.

Siempre me habían impresionado los grandes restaurantes. Antes de la guerra, no tenía con qué pagármelos. Durante la guerra, no entendía que siguieran existiendo. ¿Cómo podía haber gente atiborrándose mientras los soldados se pudrían en las trincheras con las tripas vacías y bebiendo agua estancada?

Sin embargo, tumbado en la cama del hospital,

me prometí que a mi vuelta llevaría a Anna al mejor restaurante de la ciudad, pediría el mejor vino, los mejores platos y un postre tras otro hasta reventar. Era un sueño reconfortante. Luego caí en la cuenta de que no podría cortar la carne solo. Me pusieron una prótesis, es cierto, pero me hacía daño y me fastidiaba que no se me adaptara correctamente.

Aprendí a arreglármelas sin ella. Y siempre encontraba un alma caritativa para ayudarme. A un cocinero para prepararme un plato, a una camarera para cortarme la carne, a un vecino de mesa para hacerme un favor.

Pero nunca me atreví a lo del gran restaurante. Demasiado lujoso, demasiado intimidante.

Nada más entrar, algunas miradas se volvieron hacia mí. Por supuesto, era solo una impresión porque en realidad ningún cliente se fijó en mí. En cuanto al personal, me dio la bienvenida lo mejor que pudo.

No estaba hecho para aquello. Incluso recién lustrados, mis zapatos no eran los adecuados. Tenía la sensación de que todo el mundo percibía el color del barro pegado a las suelas. Y eso que mi camarada se había esforzado por cepillarlos bien. Por arriba, por abajo y hasta por dentro. Pero no había nada que hacer, no se parecían a los zapatos parisinos. Mi portera me había dicho que no me agobiara, que todo saldría bien. La creí. Hasta que entré en aquel restaurante, con sus arañas resplandecientes, sus manteles inmaculados, sus camareros de librea y el maître mirando desconfiado, tras su monóculo, mi camisa de un blanco grisáceo, mi chaqueta remendada a la altura de los codos y mi chalina pasada de moda.

Balbuceé unas palabras y el del monóculo me condujo hasta la mesa de Jeanne Joplain.

Estaba sola, sentada muy erguida, con las dos manos pegadas a la mesa a ambos lados de su plato. No me miró. Esperé unos segundos y luego carraspeé. El del monóculo acabó por retirar mi silla para que me acomodara a la vez que pronunciaba un «señora» que la extirpó de su catatonia. Me lanzó una mirada de sorpresa, esbozó una extraña sonrisa muy poco convincente y me dio las gracias por haber acudido tan rápido.

Era urgente, me precisó. Su hijo había desaparecido durante la guerra. Urgente. Nueve años después de su desaparición. No se fijó en mi cara de asombro y me explicó que su Émile dejó de dar noticias en 1916. Su última carta se había enviado desde Verdún. Pero no estaba muerto, tenía la firme convicción.

No pude reprimir un arrebato de desánimo. Conocía a unas cuantas madres y mujeres de *poilus* convencidas de que su soldado seguía vivo en alguna parte. A demasiadas. No había nada que hacer. Sin cuerpo no hay duelo. Había llevado a cabo alguna que otra investigación, hasta había conseguido desbloquear alguna situación y ponerle nombre a una tumba acá o allá. Pero encontrar a un *poilu* vivo, eso no me había sucedido jamás.

Esa convicción les daba fuerzas. Trabajaban como condenadas durante cuatro años de guerra aferrándose a esa idea: él iba a volver. Cuando acabó la guerra, la desmovilización fue un desastre. No hay que creer que todos los hombres regresaron para celebrarlo el 12 de noviembre de 1918. Su regreso duró meses y meses. Meses de caos durante los que hubo que reorganizar el país, establecer prioridades, programar convoyes. Las mujeres siguieron esperando. Si no es hoy, llegará mañana. O pasado. Y si está desaparecido es que puede reaparecer.

Luego hubo aquella historia del soldado amnésico. Fui a verlo. Cuando el Ministerio de Pensiones publicó su foto en los periódicos, se produjo un auténtico zafarrancho de combate. Todo el mundo lo reivindicaba. Solo entre mis clientas, había dos que lo querían para ellas. Por mucho que les repitiera que no podía ser él, que no correspondía a la descripción, tuve que ir a comprobarlo con mis propios ojos.

Se encontró a aquel soldado en febrero de 1918, vagando por la estación de Les Brotteaux, en Lyon. Recién apeado de uno de esos trenes de tullidos que traían de Alemania a los prisioneros ciegos, locos, mutilados, a los que ya no podrían tomar parte en la guerra. Cuando lo interrogaron, se dieron cuenta de que el pobre hombre no tenía nada dentro de la mollera. Nada de nada. Murmuraba su nombre: Anthelme Mangin. Salvo que no existía ningún Anthelme Mangin en los registros del ejército. El tipo pasó por uno o dos servicios psiquiátricos y acabó por aterrizar en Rodez.

Allí fui a encontrarme con él. ¡Menudo viaje desde París! Pero me sentó bien ver tierras que no habían sufrido con los combates.

Aquí la guerra estaba encerrada en el hospital. Un cúmulo de miedos y sufrimientos perdidos en el paisaje más sereno del mundo: estaban los traumatizados graves, los que no se movían, los que repetían mil veces los mismos gestos, los que se escondían debajo de la cama, hechos un ovillo, cuando las contraventanas golpeaban por la tormenta.

El médico me confirmó toda la historia. Sacó una pila de correo enorme:

—Estas son las cartas de sus mujeres, sus hermanas, sus hermanos, sus tíos. Intento contestarlas todas. El problema es que Mangin ha dejado de ser militar desde el 11 de noviembre y ya no cobra ninguna paga.

El Ministerio de Pensiones se negaba a hacerse cargo de él, dado que las pensiones eran nominativas y Mangin no tenía identidad oficial reconocida. Dicho de otra manera, la región estaba presionando para que se le encontrara rápidamente nombre, apellido y número de servicio porque empezaba a salirle caro el dichoso amnésico. En febrero de 1922 se publicó su cara por todas partes. Había que encontrar a la familia. Salvo que familias que soñaban con encontrar a su soldado, había un montón. Yo no era el primero en desplazarme hasta Aveyron. Había cientos de personas que lo querían en casa, al Mangin. Y podría haber sido peor, porque había doscientos cincuenta mil desaparecidos de la guerra. Cuerpos que no habían vuelto, los pulverizados en las trincheras, los que habían explotado, los que habían quedado enterrados bajo lluvias de acero y barro.

En el caso presente, para mí no había discusión, el Mangin no pertenecía a mis clientas: no tenía la misma estatura ni la misma morfología, y los ojos no eran del mismo color. Además, obtuve un documento del médico que así lo certificaba.

Hubo que esperar hasta 1938 para que le devolvieran a Anthelme Mangin su verdadera identidad —Octave Monjoin— y lo entregaran a su hermano y a su padre. El colmo de la ironía es que hermano y padre murieron pocas semanas después de su regreso y Mangin vegeta hoy en el hospital Sainte-Anne.

Esta historia del soldado desconocido desencadenó sueños y fantasmas. Existían, pues, aquí o allí, en un hospicio, en un hospital, en un convento o errando por los caminos, *poilus* amnésicos a la espera de una señal de sus familias. Aquello representaba un stock de ternura desperdiciada por el que muchos estaban dispuestos a pelearse.

La madre Joplain iba a pagarme, pues, porque estaba segura. No era la primera. La honradez me empujó a explicarle —algo que hacía cada vez— que las posibilidades de éxito eran mínimas, es decir, nulas. Barrió la frase con un revés de su mano:

—Está vivo.

La interrogué, le pregunté cómo podía ser tan tajante. ¿Había recibido una carta?, ¿oído algo?, ¿un compañero de regimiento la había informado de algún elemento que le hiciera ser optimista?

—Se fue demasiado joven para morir.

Cierto. El argumento era sólido y era el mismo para unos cuantos cientos de miles de soldados. Pero no constituía el asomo de una pista.

3

Activé mis redes de información, envié unas cuantas cartas, concerté citas, preparé mis viajes.

Necesité menos de un mes para rescatar los primeros elementos y encontrar el rastro de Émile Joplain.

No podía decirse que se hubiera quedado quietecito al calor de la lumbre. Se incorporó a filas en 1914, estuvo en los primeros ataques del este, participó en el repliegue general orquestado por Joffre, cruzó el Marne antes de la contraofensiva. Luego le tocó la Carrera al Mar, a pie, siempre a pie, si no, no tenía gracia. Lo clásico del soldado del 14. Hasta ahí, había resultado fácil seguir la pista del hijo. La madre Joplain me comunicó sus respectivos regimiento, batallón y compañía, «por si eso puede ayudarle».

Encontrar la sección y la escuadra me costó un poco más. Hay que decir que por entonces se movían mucho. Y no solo geográficamente. Muchos desertaban y había que reemplazar a los hombres.

Solo en mi subsección, de los treinta soldados del principio, quedaban únicamente doce cuando me fui.

Procedí como de costumbre. Cuando el papel terminó de contarme su historia, me centré en el factor humano. Había cuatro supervivientes de la primera escuadra de Joplain. Les escribí y esperé mientras seguía con mis otros casos abiertos.

La primera respuesta que obtuve fue la de un tal Jean Moriceau. Me contestaba que sí había conocido a Joplain, pero que ciertas cosas no se escribían. Que, no obstante, quedaba a mi entera disposición.

Cogí un tren y me dirigí a un lindo pueblecito que acababa de inaugurar un lindo monumento a los lindos muertos de la linda guerra. Proliferaban como las setas. Se trataba de tener el más bonito, el más grande, el que tuviera inscritos más nombres. Oí, incluso, que hubo pueblos que se pegaron por saber a cuál de los dos pertenecían los muertos. Labriegos que vivían a medio camino entre dos municipios y que se volvieron importantes gracias a sus patrióticos restos.

Moriceau vivía cerca de Melun. Me abrió la puerta su esposa. Sin sonrisas ni nada. Ni una palabra siquiera. Bastante tensa. Le costaba mirarme.

Cuando franqueé el umbral, apenas si despegó los labios para dejar escapar un:

—No se fije en...

No oí el resto y no estoy seguro de que dijera más. ¿No se fije en el desorden, el olor, el ruido, mi atuendo, la cocina? Así que no me fijé. Le hice un gesto raro, de esos que no quieren decir nada. Un ligero movimiento de cabeza y de párpados. Apareció el hombre seguido por dos chavales que no llegaban a los diez años. Hijos de la paz. Me saludó y pidió a la mujer y a los niños que se alejaran.

—Las cosas de la guerra, ¿sabe *usté*?...

Después de un silencio se volvió hacia mí, visiblemente incómodo:

—No *nus* entenderían.

El uso de los pronombres no parecía ser el fuerte del tal Moriceau.

Se sentó, con la mirada perdida. Tamborileaba nervioso la madera de la mesa con los dedos de su mano izquierda.

Yo estaba acostumbrado. La mayoría era así. Otros rebosaban de palabras: «A usted sí puedo contárselo». Creo que había oído todas las historias que ya no podían seguir guardando para sus adentros. Todo lo que venía a atormentarlos cada noche y que querían evitar a sus familias.

El grifo goteaba en una cazuela. Moriceau pidió disculpas por el olor. Su mujer había estado cocinando. Él la habría ayudado con gusto, pero...

En vez de acabar la frase me enseñó el brazo derecho, cortado a la altura del codo:

—Recuerdo de la guerra.

Se tomaba su tiempo, le daba vueltas, observaba la mosca que revoloteaba por encima de la cazuela.

—No *mi* gustan las moscas. Antes *mi* daban igual, campaban a sus anchas. Hasta podían venir a servirse a los platos cuando habíamos terminado, *mi* importaban una mierda. Pero vi demasiadas en las trincheras. Por todas partes. Encima de mis amigos. A veces, incluso, gracias a las moscas...

Dejó la frase a medias.

—¿Sabe *usté*?, en la granja, moscas, sobran. Están por todas partes, a todas horas. Es así, forman parte del decorado, como *si* dice. Y no podemos *quejarnus*, que aquí tenemos decorado. Pasé por pueblos donde ya no había. No sé cómo van a apañarse. No es problema mío, ya *lu* sé, pero cuando pienso en esos campesinos que tienen que volver a sembrar todo en agujeros de obuses... No es posible. No *si* planta encima de los muertos. No podrá salir nada bueno de esa tierra. Todo está maldito. Las casas, las granjas son solo piedras, *si* pueden reconstruir. La tierra no es igual, ¿sabe *usté*?, es más complicado, está viva. Ahí está, repleta de chatarra, de pólvora, ha respirado gases, ha bebido demasiada sangre, ha tocado la muerte. Tantos cuerpos que nunca *si* han encontrado. Volatilizados. Pues ahí siguen. Ahí abajo. ¿Y quieren sembrar ahí? Que no cuenten conmigo. Es un cementerio gigante, abrasado. Cuando volvimos, cruzamos por pueblos sin *darnus* cuenta casi. Por todas partes el mismo caos, los muros derruidos, los campanarios arrancados, las escuelas evaporadas, las estructuras de las casas calcinadas. ¿Sabe *usté*? Como en la canción del otro, del Debussy. El *Villancico para los niños que ya no tienen hogar*: «Han quemado la escuela y a nuestro maestro también, han quemado la iglesia y a Nuestro Señor Jesucristo». Y en la canción *si* habla de las cenizas hasta más arriba de los tobillos. Más valía no saber qué había debajo. El fuego es lo peor de todo, no *ti* da ninguna oportunidad.

Lo dejé hablar. Ahora estaba completamente inmóvil. Sus ojos tenían el color de la ceniza que seguía torturándolo. Y luego se calló.

Esperé. Lo necesitábamos los dos. Creo que estábamos reviviendo el camino recorrido. Esa especie de retorno extraño que nos había conducido de nuevo a nuestro hogar. Un hogar que en realidad ya no era el nuestro, que era distinto porque lo mirábamos con otros ojos. Es cierto que ahí estaban los brazos abiertos en los andenes de las estaciones, los gritos de alegría, las botellas descorchadas. Las fiestas, fiestas por todas partes y a todas horas. Y las risas.

Parecía que me leyera el pensamiento:

—¿También a *usté li* daba vergüenza reírse? Organizaron un baile en la sala de fiestas, ahí, justo detrás del ayuntamiento. Todo era perfecto. Bailábamos, cantábamos, *nus* agarrábamos del brazo. Como antes, vaya. Yo era feliz. «Toda la gente está aquí», *mi* dije. Y luego *mi* dije otra vez: «Toda la gente está aquí», y había menos gente que hace cinco años. Mucha menos gente. Y entonces *mi* dio vergüenza bailar, *mi* dio vergüenza reírme y vergüenza ser feliz. Mi mujer *mi* dice que no *mi* reconoce, que *mi* he vuelto taciturno.

Su mujer reapareció con una tetera humeante en la mano.

Él no se fijó y siguió hablando. De los poetas con los que se había cruzado y a los que había escuchado. Y eso que la poesía no era lo suyo. Nunca tuvo tiempo para los ripios, pero, a pesar de eso, *li* gustaban, como decía él.

Se cruzó con Apollinaire en el frente de Champaña. No se atrevió a acercarse mucho. Le impresionaba demasiado. Porque el Guillaume era toda una personalidad. Escribía cartas a su novia. O tal vez a su amante, no se acordaba bien. Lo veía escribiendo y lo veía combatiendo. Como los demás, cumplió con su deber.

Eso me dijo.

—Y el Joplain —¡por fin!— se *li* parecía al Apollinaire. Venga a escribir, venga a escribir. Era mejor con el lápiz que con el Lebel. *Si* despertaba con la poesía en la pluma. Un enamorado. Había enamorados en las trincheras, para dar y vender, había. Todos estábamos enamorados. Y a los que no tenían novia *lis* dieron una madrina de guerra. ¿A que es una idea estupenda? La guerra es sobre todo la ausencia de las mujeres. Cuando *ti* mueres, llamas a tu madre. Cuando *ti* sientes solo, escribes a tu mujer. Pues bien, el Joplain no hablaba de otra cosa. Todo el tiempo hablando de su novia, que iban a casarse al final de la guerra. Creo incluso que pensaban irse a las Américas.

¿Un viaje a América? Le pregunté si podía contarme algo más. Me miró a la vez que cazaba una mosca invisible. ¿Algo más sobre qué? No sabía nada más. Y encima el Joplain cambió de escuadra, no recordaba bien por qué. Quizá porque sabía hablar alemán. O ruso, eso, ruso. A no ser que fuera italiano. En cualquier caso, tenía que ver con las lenguas. A no ser...

Se giró para verificar que estábamos solos y murmuró:

—Las madres y las mujeres no siempre bastan. No cuando *ti* pasas cuatro años hasta arriba de mierda y barro. El corazón tiene que seguir latiendo. Todo el mundo estaba falto de amor, falto de todo, pero sobre todo de amor. Y eso *nus* volvía locos. El ruido. El miedo y la privación de sueño. Había algunos que desertaban solo para ver a sus mujeres. Y si no era la suya, también valía. *Nus* gustaba contarnos historias de amor y de sexo, eran momentos de cordialidad. Había especialistas, ¡fanfarrones que supuestamente habían metido a todo París en su cama! Conocí a alguno, incluso, que decía que había hecho el amor con la Hija de la Luna. Habrá oído hablar de ella, ¿no?

Evidentemente, había oído hablar de esa Hija de la Luna que aparecía constantemente en los relatos de los soldados. Para él, aquella chica era un mito, una historia que se contaban los hombres porque estaban minados por su soledad afectiva.

—Cuatro años en el barro y los permisos que no llegaban nunca, y cuando llegaban, eran siempre demasiado cortos. Y habíamos cambiado. Ya no éramos los mismos. Pensábamos en los muertos y en las moscas. Muertos sin parar. Moscas sin parar.

La Hija de la Luna, él conocía a gente que la había visto. Mejor para ellos. También conocía a gente que había viajado a la luna. Desde las trincheras.

Sin darme tiempo a franquear el umbral de la puerta, me retuvo y me dijo que no era verdad lo de Apollinaire. Que no lo había visto nunca. Que lo contaba porque le habría gustado encontrarse con él, habría tenido una historia bonita que contar. Sí que conoció a un soldado que lo vio en

Champaña. El recuerdo era del otro. Él lo único que había visto eran moscas.

Ya era noche cerrada cuando llegué a mi piso de Montmartre, irritado porque Jeanne Joplain no había juzgado útil mencionarme a la novia de su hijo.

4

Émile Joplain escribía a su novia. Como él, había cientos de miles en las trincheras. Encontrad a la novia y tendréis al soldado.

Yo conocí a Anna dos años antes de la guerra. Discutíamos a menudo. No siempre estábamos de acuerdo. Nos gritábamos con ganas. Pero nos queríamos. Nos comprometimos, nos fuimos a vivir juntos e íbamos a casarnos. No era forzosamente el orden adecuado, pero a nosotros nos parecía bien. Cuando me marché, en el 14, le dije que le escribiría una vez por semana. Me hizo prometérselo.

Todos tenemos una historia de amor intensa, fuerte, devoradora. Una que se lo llevó todo a su paso y que nunca terminó, o que nunca tuvo lugar porque no era recíproca. Una que nunca hemos querido declarar, una que nos hemos guardado para nosotros mismos porque teníamos miedo. Y cuando todo va bien, seguimos temiendo: que se desvanezca la intensidad, que la pasión se someta como un animal salvaje al que le hubiéramos enseñado a levantar la pata. La pasión no da la pata, te la mete en la boca. Y cuando todo va bien, buscamos problemas, vamos derechos al conflicto sin saber por qué, aunque en realidad la respuesta es muy sencilla: necesitamos que se mueva algo, que arda, que explote. No todo el tiempo, solo de vez en cuando, lo justo para que la sangre se agite, corra y vuelva. Lo justo para ver si todavía nos quedan lágrimas, si los gritos aún pueden salir o se han quedado bloqueados en el fondo de nuestra garganta.

Cuando volví de la guerra, me faltaba una mano. Tenía a Anna y no pedía nada más. Nos redescubrimos. Yo ya no era el mismo. Ella ya no era la misma. El amor era más grande.

Antes de la guerra, yo trabajaba en la Compañía General de Tranvías de París. Era un buen conductor. No bastaba con estar en la cabina y seguir los raíles. Si no quieres sacudir a los viajeros como semillas en una maraca, hay que tener buena mano. Lo del 14 fue un lío monumental, y Anna se encontró sin recursos económicos, o casi. Pude escribir a mi antiguo jefe, que me apreciaba mucho. No fue fácil, no estaban acostumbrados a ver a mujeres conduciendo. Y, por lo que entendí, a Anna se le daba bastante bien.

Es uno de mis grandes pesares: me habría gustado mucho ir en su tranvía, solo una vez. Justo para que viera lo orgulloso que me sentía de ella.

Después de la guerra fue más complicado. Los hombres volvían y contaban con recuperar sus trabajos. A la Compañía le pareció que un conductor manco no daba mucha seguridad a los pasajeros. En cuanto a Anna, acabó como casi todas las mujeres: relegada a una tarea subalterna. Intenté abogar por ella, pero yo ya no formaba parte de la sociedad. ¿Y cuáles eran mis argumentos frente a los *poilus* que se merecían volver a su antiguo puesto de trabajo?

Para poner la historia de la novia en claro, me dirigí directamente a casa de Jeanne Joplain.

Me abrió la puerta un mayordomo. Jeanne Joplain vivía en un mundo muy alejado del mío. Apenas si me atreví a sentarme. Me gustaría poder contar que apestaba a dinero y a lujo. La verdad es que olía al buen perfume del dinero y el lujo. Yo no me sentía cómodo, pero había que reconocer que el lugar estaba amueblado con un gusto exquisito. Todo estaba en su sitio, todo era como tenía que ser. Yo era la mancha de hollín, el desorden. Me sentí como diez años antes, cuando era soldado y los oficiales pasaban sin vernos, cuando nos enviaban a la carga como si fuéramos unos peones más. En el salón de los Joplain sucedía exactamente lo mismo: me hallaba frente a un universo perfectamente ordenado, y yo tenía que contribuir a hacerlo perdurar, sin ocupar demasiado sitio.

Debió de estallar un obús no muy lejos de mí, porque volví a mis cabales y me senté en el sofá sin esperar su autorización. Era algo que había aprendido. Para obtener información de ciertas personas, no esperar autorización: atacar.

Noté, por el temblor de su labio superior, que no estaba nada contenta. Seguramente se preguntaba por qué sitios habría pululado yo y en qué estado iba a encontrarse su sofá. No me extrañaría que llamara a un tapicero nada más irme.

Aproveché su turbación y la ametrallé a preguntas. Al principio no contestaba, aparentando no saber nada. No, su hijo nunca había tenido novia, no que ella supiera, nada de nada, la mujer de su vida era su madre, su queridísima madre.

—¿Usted?

—Sí, yo.

—Si usted lo dice.

—¿Quién, si no?

—¿Y le escribía a menudo?

—Sí, a diario.

—¿A diario?

—A diario.

—¡A diario!

—Sí, a diario.

—A diario...

Podría haber seguido jugando a las variaciones, pero no estaba seguro de salir airoso, y tampoco eso me ayudaba a avanzar mucho en mis pesquisas. Solo por el placer de irritarla solté una vez más, intentando lanzar a la par una mirada marcial:

—A diario.

—A-dia-rio.

Mi mirada marcial no parecía asustar lo más mínimo a Jeanne Joplain.

Finalmente fui al grano y le pedí las cartas. Movilizado en el 14, desaparecido en el 16, eso eran tres años de intercambio postal. A ojo de buen cubero, y descontando los días en que había demasiados enemigos a los que machacar como para tomarse el tiempo de gestionar la correspondencia, digamos que un buen millar de cartas. Un buen millar de cartas que debían de haberse perdido porque la señora Joplain no conseguía ponerles la mano encima.

Sin embargo, yo sabía que no mentía en algo: su hijo escribía a diario. Moriceau me lo había confirmado.

Pasé directamente de la mirada marcial a la mirada acusadora. Sin producir mayor efecto. Tuve que amenazarla con abandonar una investigación que no tenía ninguna posibilidad de llegar a nada si se negaba a comunicarme los elementos.

La señora Joplain dejó escapar un gritito agudo que interpreté como la confesión de una fisura. Permanecí en silencio a la vez que me dirigía hacia la puerta de entrada, lo más lentamente posible, por miedo a que la fisura volviera a cerrarse para siempre.

—¡Espere!

—No, me voy.

—¡No!

—Sí.

—¡No!

—Sí.

Nuestro modo de comunicación era bastante básico y el vocabulario necesario a tal efecto, de lo más somero.

Me siguió por el pasillo, con la mano crispada agarrando un pañuelo blanco que no había soltado desde que llegué. Conocía esa mirada. La había visto muchas veces. Más que una mirada, era una máscara. La del miedo que aplana los rasgos y abre los ojos como platos. Estaba aterrorizada ante la idea de que abandonara la investigación. Instintivamente quise tranquilizarla, decirle que perseveraría, que lo conseguiría. Pero me contuve.

No debía dejarme invadir por la emoción.

Estábamos frente a frente, en el pasillo. Las palabras se bloqueaban en sus labios, sus manos temblaban, su pecho se henchía, presa del hipo.

—Estaba la pequeña Lucie. Una alsaciana. Pero fue hace mucho tiempo y dejó de interesarle. Que se quede donde esté.

5

La madre Joplain no pudo contarme más. Era superior a sus fuerzas. Moriceau me había dicho que hablaría de mí a sus camaradas —«en conjunto son buena gente»—, entre los que estaba un teniente llamado Paul Macaret.

No me gustan las reglas generales, pero hay que confesar que los oficiales con los que me encontraba preferían hablar de valor y heroísmo que de miedo y cobardía. No iban a contarme que era fácil, que era una agradable excursión al campo. Sabían que había estado allí y que, por tanto, no podían darme gato por liebre. Sin embargo, hasta en su caso, la incomprensión era agobiante. Las órdenes, las ofensivas inútiles, los planes que había que cumplir a toda costa. La batalla del Somme, la ofensiva de Nivelle. ¿Por qué no funcionó todo aquello? Culpa de la meteorología, culpa del material, culpa de los soldados mal entrenados, culpa de la mala suerte. Semanas, meses, centenares de miles de muertos para avanzar diez metros aquí y retroceder cincuenta allá.

Estaban perdidos hasta los oficiales, ya no entendían las reglas. No lo decían, por supuesto. Lo veía en sus ojos, o cuando se encogían de hombros: habían dejado de entender las reglas. Antes era fácil: se cargaba. Se ganaba o se perdía. Con las trincheras, los soldados se transformaron en ratas. No había ni ganadores ni perdedores. Solo ratas. Ratas alemanas, ratas francesas. E inglesas, canadienses, italianas. Venían del mundo entero para transformarse en ratas.

Pero lo que les gustaba era que, a pesar de todo, estábamos juntos. Éramos una fuerza. Odiábamos a los *boches*. Menos mal que los odiábamos. Si no, ¿cómo lo habríamos hecho para aguantar? ¿Todo aquello para nada? No, todo aquello para no dejarles nada a los *boches*. Así que los insultábamos, les poníamos motes. Y cuando veíamos pasar a un prisionero, lo mirábamos con desprecio preguntándonos a qué camaradas nuestros había matado.

Algunos los insultaban. Otros les hablaban. Yo los evitaba. Se nos parecían demasiado. Y se notaba que estaban perdidos, que tenían miedo, que estaban cansados, que tenían piojos igual que nosotros. No quería arriesgarme a mirarlos con simpatía. Si hubiéramos sabido que un *boche* era solo un francés que hablaba alemán, no podríamos haber seguido disparándoles.

Llegué, pues, a casa de Paul Macaret. Se presentó como el mejor amigo de Joplain. Mejores amigos en el ejército había a montones. Eso no quería decir gran cosa. El mejor amigo moría y encontrabas a otro, cuando faltaba el amor se necesitaba por lo menos un poco de amistad.

Macaret no era de extracción humilde. Me recibió como la señora Joplain. Con aires de superioridad y muchas ínfulas. La corbata a juego con los zapatos que brillaban. No vivía en un palacio, pero su casa era señorial y estaba decorada con gusto. La ausencia de mi mano pareció satisfacerlo.

—¿Verdún? ¿Somme?

Su pregunta, en realidad, no era tal. Encadenó directamente.

—Así que está indagando acerca del joven Joplain. Un chaval estupendo. Un romántico, ¿verdad? Ni un solo día dejó de manejar la pluma. Y sus cartas..., me habría encantado conocerla, a su bella alsaciana. Me gustaba cuando le escribía. Sabía que no podía enviarle las cartas porque no podía mandarlas a Alsacia, ¿verdad? Pero ponía cara de felicidad, a pesar de todo. Había explosiones por todas partes, y él sonreía. En su cabeza estaba con Lucie, ¿verdad? Me dijo que le escribía poemas. Un poco como Apollinaire o Éluard. Enamorados, ¿verdad? ¡Ah, los poetas! A Joplain le caían bien. Le habría encantado conocerlos. Pensaba en los poetas y en su Lucie. Cuando los hombres estaban cansados, nos decía que había que seguir adelante. Para proteger a Lucie. Eso nos divertía mucho. Llovían bombas y lo que le hacía sufrir era la ausencia de su novia. ¡Ay, quería recuperar Alsacia! Cuando iba a luchar era para proteger a su Lucie. Y había explosiones por todas partes, a nuestro alrededor. Perdón, no dude en interrumpirme. No oigo nada. Por las bombas, ¿verdad? Me dejaron, como quien dice, sordo.

Tendió la mano hacia un piano de cola:

—Sigo tocando, por el placer de mover los dedos. E imagino las notas. Una idea de Joplain. Empecé a hacerlo en las trincheras. Un romántico, ¿verdad? Un día plantó casquillos de obús en el parapeto. Debió de pasar días enteros... Hay que decir que había momentos en los que nos aburríamos como ostras y teníamos que ocuparnos en algo para no volvernos locos. Las explosiones le vuelven loco a uno. Y los silencios de después, también. Cuando uno no está seguro de si los amigos siguen vivos. Cuando uno tiene miedo de haberse quedado solo. Cuando uno verifica a ver si sigue de una pieza... Volviendo a Joplain, una mañana viene a mi refugio y me pide que lo siga. Y ahí, no sé cómo se las arregló: había clavado los casquillos de obús de tal manera que a uno le daba la impresión de estar frente al órgano de una catedral. Y había explosiones por todas partes. Llevaban cuatro días machacándonos sin parar y él había lustrado los casquillos para que brillaran como en un lugar sagrado, ¿verdad? Un órgano que parecía real, con largos tubos hechos de obús meticulosamente alineados y falsas teclas fabricadas con guijarros blancos. No debería contarlo, pero no pude impedir echarme a llorar. A usted sí puedo confesárselo: Joplain me devolvió la capacidad de soñar. Y había explosiones por todas partes, a nuestro alrededor. La tierra saltaba y nos llegaba hasta los pies, recubriendo una parte del órgano. Y él sonreía. Y yo lloraba. Y había explosiones por todas partes. Nos quedamos ahí, de pie. Si ha habido un día en que me sintiera próximo a la divinidad, fue aquella mañana. Vi árboles volando por los cielos. Usted estuvo allí, sabe que no miento, ¿verdad? Árboles enteros que atravesaban el cielo con las raíces a la vista, obscenas. Vi animales saltando en pedazos, hombres recogiendo trozos de sí mismos, limpiándoles el barro e intentando pegárselos. Aquel día toqué con la mano lo más sagrado. Y ¿sabe por qué? Porque Joplain había confeccionado el órgano más inútil que haya existido jamás. Un órgano que no funcionaba, evidentemente. Un órgano que brillaba con mil destellos y que quedaba cubierto de tierra, barro y sangre a cada segundo. Y él reía cada vez más fuerte. Y yo lloraba y reía a la vez.

»Y había explosiones por todas partes, a nuestro alrededor. Oíamos gritos. Se oía el chirrido de un silbato en algún sitio. Y no nos movíamos, mirábamos cómo destruían el órgano, lentamente, certeramente. En aquel instante, pensé en el Titanic. Y había explosiones por todas partes. Pasó un caballo justo por encima de nosotros. Tenía el vientre abierto, ¿verdad? Recuerdo que me pregunté cómo podía ir tan rápido con un agujero tan grande. Había relámpagos, obuses que maullaban sobre nuestras cabezas. Un estruendo de metal y madera. Una parte del túnel donde nos encontrábamos se hundió. Hay que decir que estaba completamente inundado, ¿verdad? Había días, cuando llovía, en que el agua se mezclaba con las lágrimas de los soldados. Y había explosiones por todas partes. Delante, detrás, encima. Y nosotros teníamos miedo a los gases. Con las manos temblando sobre las máscaras. Pero aquel día, Joplain y yo éramos los reyes del mundo. Podía haber todas las explosiones que fuera, estábamos de fiesta. Teníamos nuestro órgano. El más hermoso que haya visto nunca. ¡Y hasta los obuses que caían lo hacían al son de las notas musicales! Una auténtica sinfonía de la masacre. Yo estaba convencido de que era el fin, de que no levantaríamos cabeza después de aquello, de que era el inicio del infierno, de que habíamos matado demasiado como para merecer algo mejor. Entonces me puse a cantar. Había explosiones por todas partes y yo cantaba. Mi voz se oía más allá de las bombas. Gritaba todo lo que podía. Y luego llegó la calma. Las explosiones fueron espaciándose. En nuestras cabezas seguíamos oyéndolas igual. Seguramente pararon mucho antes de que nos diéramos cuenta. Sin embargo, seguían martilleando nuestros cerebros, incansablemente. Solo en un momento dado dijimos: "¡Anda!, han dejado de dar la nota". ¿Verdad? Aquella fue la noche en que me contó su historia de amor. Una de las últimas cosas que le escuché.

6

Pude reconstruir el principio de la historia en gran parte gracias al relato de Macaret.

Eran unos críos cuando se conocieron. Ella nació cerca de Estrasburgo, en Molsheim, a finales de siglo. Sus padres, Elsa y Lorenz Himmel, eran franceses. Bueno, en los papeles ya no, claro. Franceses de corazón. Algo que no podía decirse muy alto. En la casa también se hablaba alsaciano. No era una familia rica, al contrario. Él era bracero en las granjas vecinas, en los viñedos en época de vendimia y para los agricultores el resto del año; ella sacaba brillo a los suelos de los salones burgueses, criada aquí o allá. Lucie llegó cuando la pareja ya tenía problemas con dos bocas que alimentar. Salieron adelante como pudieron, trabajando aún más. Volviendo cada noche más cansados aún que la anterior, pero siempre felices.

No contaban con medios para procurarle una educación ambiciosa. Esperaban que acabara de sirvienta. No gran cosa, solo el principio de algo. Crecería en contacto con gente bien. Y tendría su vida y, por qué no, un matrimonio decente. Aguantaban gracias a sus esperanzas. Su mayor orgullo era enseñarle francés. Porque era la lengua de sus padres.

Poco después de su decimocuarto cumpleaños, Lorenz y Elsa oyeron hablar de un buen puesto. Estaba al otro lado de la frontera, en una gran propiedad de una gran familia con grandes salones y grandes habitaciones de grandes ventanas. Lucie había soñado con aquel lugar. Cuando su madre le habló de ello, le dio la impresión de estar escuchando un cuento. Abandonar Molsheim en dirección al oeste no fue fácil. Era su primer viaje y no sabía cuándo volvería. Seguramente tardaría varios años. Sus padres se arruinaron para enviarla allá.

Al llegar, todo era tal como se lo había descrito su madre. Grande y grande y grande. Más grande aún. Y brillante y dorado. Le daba vueltas la cabeza, pero se mantuvo derecha. Nunca había entrado en un lugar tan bello. La señora mayor que le había abierto la puerta le rogó que la siguiera hasta un cuarto que no era tan grande como se esperaba. La primera noche no durmió. Se levantó mucho antes de que saliera el sol y se puso enseguida manos a la obra. Pulió, lavó, abrillantó, desempolvó, peló, planchó, sacudió, remendó, ordenó, limpió, frotó, fregó, enceró, lustró.

Pasó una semana.

Luego, un mes.

Y llegó el verano.

Y, con él, el sobrino de la familia. Un tal Émile Joplain.

Venía a pasar el mes de julio para respirar el aire saludable del campo. Tenía catorce años también. Cuando lo vio llegar, Lucie bajó los ojos. Era lo que le habían enseñado a hacer.

Émile se pasaba el día fuera, corriendo por los campos, solitario. Volvía de noche, tarde, sucio y hambriento. Su tío y su tía, comprensivos, apenas lo regañaban, no habían tenido ningún hijo y lo trataban como si lo fuera.

Él no la miraba. No la veía.

La señora Joplain llegó unos días después, para desgracia de Émile. Prácticamente bajo arresto domiciliario, tenía que soportar horas de lectura, de piano, de recitación, de urbanidad. Si conseguía escabullirse de vez en cuando, sus retornos eran tormentosos.

Y la vio.

Su corazón se paró, se encogió y estalló, se averió su reloj de bolsillo, que él miró con asombro.

Ella estaba frente a él, con un cesto de ropa limpia en los brazos. Llevaba tres semanas allí y se fijaba en ella por primera vez. Ella se echó a temblar, se marchó corriendo y estuvo a punto de tirar el canasto.

Era el 28 de julio de 1907.

En el mismo instante: el ejército francés disparaba sobre los huelguistas del calzado en Raon-l'Étape, y provocaba dos muertos y una decena de heridos.

Se concluía la construcción del Lusitania en los astilleros de Clydebank, en Escocia.

Bertha Krupp, embarazada de su primer hijo, ponía las manos sobre su vientre redondo de ocho meses en Essen, Alemania.

Frida Kahlo celebraba su vigésimo segundo día de presencia en la humanidad en Coyoacán, México.

Louis Lumière estaba a punto de industrializar su nuevo procedimiento autocromo de fotografía en color.

El ciclista Lucien Petit-Breton, reciente vencedor de la primera edición de la Milán-San Remo, volaba para ganar la undécima etapa del Tour de Francia entre Burdeos y Nantes.

Un mirlo negro degustaba su tercera lombriz del día diciéndose que no era razonable pero que solo se vive una vez.

Una hoja de roble caía porque, después de todo, el otoño acabaría por llegar, así que ¿para qué esperar?

Y Émile Joplain se enamoró de la susodicha Lucie Himmel.

Hacía buen tiempo, agradable. Y al diablo el reloj de bolsillo.

Luego di con más testimonios que me permitieron llenar las lagunas del relato de Macaret. En concreto, me enteré, gracias a un tal Richard Létoile, de que Lucie quiso mantener las distancias; sabía lo que podía costarle si se dejaba seducir.

Joplain le contó su historia a Létoile durante la interminable marcha que los condujo hasta Verdún.

—Llovía a cántaros, llevábamos días andando sin saber adónde nos dirigíamos, teníamos los pies ensangrentados, y ¡Joplain me hablaba de su adolescencia en el campo!

Aquel primer verano, Lucie y Émile no se dirigieron la palabra. Apenas si se atrevían a mirarse, apenas si se encontraban sus ojos, justo durante la décima de segundo necesaria para desviarlos. En el secreto de sus respectivos dormitorios, pensaban el uno en el otro. Lucie, preguntándose si todo aquello no era demasiado peligroso. Émile, buscando a toda costa un pretexto para establecer contacto con la joven sirvienta. Cuando llegó el momento de volver a París, Émile, con la maleta en la mano, al pie de la gran escalera del jardín, escrutó en vano el fondo del pasillo. Por su lado, Lucie, desde su ventana, contemplaba al adolescente, que parecía perdido.

Transcurrió un año. Interminable tanto para uno como para el otro.

Émile escribía poemas que luego rompía.

Lucie escribía cartas que luego rompía.

Se reencontraron en julio de 1908. Por fin se hablaron y, como no conseguían disimular que estaban locamente enamorados, intercambiaron su primer beso. Fue un verano maravilloso, marcado por citas secretas e instantes robados. La llegada de Jeanne Joplain obligó a la joven pareja a redoblar sus esfuerzos por ser discretos.

Transcurrió otro año. Interminable tanto para uno como para el otro.

Émile escribía poemas que guardaba celosamente en una caja de hojalata.

Lucie escribía cartas que guardaba celosamente en una caja de madera.

La madera y la hojalata se reunieron en julio de 1909.

Lucie y Émile se reencontraron en julio de 1910.

Émile y Julie se reencontraron en julio de 1911.

Émie y Lucile se reencontraron en julio de 1912.

Émice y Lulie se reencontraron en julio de 1913.

Su vida se reducía al mes de julio. El resto del año no existía, carecía de interés, solo era tortura, soledad y desdicha.

En lo demás, las versiones de Macaret y Létoile eran casi idénticas, salvo en algún detalle, cuando Émile y Lucie tenían diecinueve años (según

Macaret) o veinte años (según Létoile), el idilio llegó a oídos de Jeanne Joplain, que no se lo tomó bien.

Dieron con los poemas de Émile. Los parientes de la casa estaban de acuerdo en una cosa: eran malos, ridículos e insultantes para la familia. Resultaba inconcebible que el joven Émile Joplain, hijo de Raymond Joplain, rico industrial que murió de tanto trabajar, pasara todo el tiempo escribiendo versos para una criada.

Inútil precisar que la sirvienta, que hasta entonces había sido «la pequeña alsaciana», se convirtió en «la prusiana», que, una vez observada con detenimiento, tenía las facciones bastas y la mirada insidiosa. De hecho, quizá tendrían que haberla vigilado porque quién sabe si no echaba veneno a los platos, aunque fuera en cantidad ínfima, para ir matando poco a poco a una honrada familia francesa.

A partir de entonces, Lucie vivió un auténtico infierno, relegada a las faenas más ingratas. Se esforzaban por mantenerla lo más apartada posible. En cuanto a las estancias de Émile, se hicieron más cortas, y más monacales. Tenía una empresa de la que hacerse cargo, y los libros de contabilidad le resultarían más útiles que los de mala poesía.

Aquello no bastó para desanimar a los dos enamorados. La seriedad no es lo propio de los diecisiete años, ni de los veinte, si se está poseído por la llama de la pasión. El mes de julio de 1913 se caracterizó por las noches cortas, muy cortas, demasiado cortas. Lucie acababa durmiéndose en el trabajo. La despidieron y la devolvieron a su Alsacia natal. ¡Hasta nunca!

Émile se acusó, era culpa suya, todo era culpa suya. Aquel discurso no impresionó a su madre:

—¡Chitón!, y un poco de dignidad, hijo mío, no te ensucies por una sirvienta. ¿Quieren Alsacia y Lorena? ¡Pues que se las queden!

Aquí es donde Macaret y Létoile no están totalmente de acuerdo.

Según el primero, ¿verdad?, Émile se habría fugado de casa. Habría tomado distintos atajos hasta llegar a Estrasburgo en busca de Lucie.

Según el segundo, sería ella la que habría emprendido el camino del oeste para encontrarse con Émile en París.

El caso es que los amantes —según parece, hubo aproximación de cuerpos en el momento en que se decidió la separación de sus almas— consiguieron reunirse sin que nadie se enterase. Lo cual, si es exacto, tiende a validar, en un primer momento, la versión de Létoile: cuesta imaginar que la fuga de Émile pudiera pasar desapercibida, pues Molsheim no está precisamente a las afueras de París. Lucie y Émile se precipitan en los brazos el uno del otro y viven un amor oculto e incandescente. Una pasión que nada podrá apagar jamás.

En enero de 1914, Émile cumple veintiún años,

la mayoría de edad. Tiene un plan —en esto, Macaret y Létoile cuentan lo mismo—: va a partir a los Estados Unidos de América, a hacer fortuna, por qué no, pero sobre todo a vivir su gran amor a la vista de todo el mundo. Termina el curso de la carrera de Derecho, nunca se sabe si podrá serle útil. La travesía está prevista en otoño, para darse tiempo de conseguir unos cuantos billetes aquí y allá.

Recuerdo el momento en que Richard Létoile me contó esa historia del viaje. Estábamos en un café particularmente ruidoso. Luego me explicó que se pasaba la vida en lugares ruidosos. Desde el final de la guerra, el silencio lo angustiaba, tenía la impresión de que se preparaba algo fuera de lo normal. Hablaba con voz atronadora, parecía excitado, como si también él estuviera a punto de partir. Pasar una semana en un transatlántico... y ¡Nueva York! ¡Debía de ser un lugar increíble! Había oído que era un sitio bullicioso, en plena actividad de noche y de día. Con ruido por todas partes, todo el tiempo, ¡un sueño!

Para Lucie y Émile las cosas se complican a partir del verano de 1914. Desde Romeo y Julieta, por lo menos, se sabe que política y amor nunca han hecho buena pareja. Pues bien, durante el verano de 1914, ciertas tensiones se hicieron más fuertes en el seno de la vieja y buena Europa. Se asesina al archiduque, se invade un país, se replica que eso no se hace, que está muy feo urdir algo así, se declara la guerra, se ponen en marcha las alianzas, se vocifera, se exclama, se saca pecho, se moviliza y se parte supuestamente con la flor en el fusil. Vamos, vamos, vamos, rápido, sed buenos y agitad los pañuelos, sonreíd para la foto, vamos.

Aunque no era exactamente el plan que había proyectado, Émile no protestó por tener que acudir al frente. Al fin y al cabo, aquello iba a durar apenas unas semanas, le dijeron. Y, sobre todo, eso permitiría a la familia de Lucie recuperar su verdadera patria. Viva Francia, *allons enfants* y que pase lo que tenga que pasar.

Por mucho que diga su madre, tengo la impresión de que la historia de la desaparición de Émile Joplain empezó el 28 de julio de 1907, es decir, seis años y once meses antes del asesinato del archiduque Francisco Fernando en Sarajevo.

7

Siempre me impliqué en los casos que investigaba. Con todo, he de admitir que la desaparición de Émile Joplain adquirió enseguida una envergadura desmedida.

En 1925, hacía siete años que en Francia se celebraba la victoria. Se swingueaba, se jazzeaba, se cinematografiaba, se electrodomesticaba, se mistinguetteaba. El art déco resplandecía, París se divertía y se despreocupaba. Cocochanelaba, andrebretoneaba, mauricechevalieraba.

A pesar de todo, yo no lograba dejarme llevar por aquella despreocupación. Y no era el único ni por asomo. Por mucho que disimuláramos, habíamos vivido un infierno.

La historia de ese enamorado desaparecido me permitía volverme hacia esa guerra con la esperanza de encontrar algo hermoso entre tanta mierda.

Macaret, Moriceau y Létoile se cruzaron con Joplain solo hasta 1916. Si lo que decían era cierto, algo confirmado por los registros que pude consultar, cambió de compañía en enero de aquel año.

Macaret me contó esto:

—Un coronel lo mandó llamar, y cuando un coronel te manda llamar, sales pitando sin acabarte la escudilla, ¿verdad?

En aquel momento, la compañía se pudría cerca de Belfort, donde acampaba a la espera de que todo terminara. Entre bombardeos y partidas de cartas.

Émile Joplain no llamaba la atención. Imposible, pues, presagiar el contenido de la entrevista. Acudió con las orejas gachas.

Los primeros días de la guerra, Émile, presa de la ingenuidad del amor, intentó escribir a Lucie, olvidando aparentemente que la dirección postal de ella se encontraba en su vieja y buena Alsacia, es decir, en país enemigo. Los intercambios epistolares transfronterizos estaban prohibidos. Pues bien, sus cartas estaban llenas de frases en alemán o en alsaciano. Era una especie de código que habían encontrado Lucie y él. Durante los veranos pasados juntos, ella le enseñó los rudimentos de las dos lenguas para que pudieran intercambiar palabras cariñosas incomprensibles para los demás.

Se verificaban las cartas; no todas, la censura no tenía tanto tiempo, pero muchas, sí. Es inútil decir que las de Émile, antes de ser destruidas, eran inspeccionadas en sus más ínfimos detalles.

Según Moriceau, Joplain no dominaba en absoluto el alsaciano y el alemán. Digamos que conocía algunas expresiones románticas, «Te quiero», «Qué bonitos ojos tienes», cosas así, y algunos insultos que se cuidaba muy mucho de escribir pero que regocijaban a sus camaradas de trinchera.

El caso es que aquellas expresiones llamaron la atención de la censura. La cuestión era que igual había un espía o un traidor entre los soldados. Joplain fue convocado y resultó que se trataba de declaraciones intrascendentes, lo cual avalaba la versión de Moriceau. El traductor, a quien se había pedido que buscara informaciones confidenciales relativas al posicionamiento de las tropas o a la ubicación de las piezas de artillería, se moría de la risa viendo que lo que traducía eran ardientes declaraciones sobre el color del iris de Lucie, que oscilaba entre el verde y el gris.

El coronel se acordaba de aquel asunto, como todo el mundo en la compañía; es el tipo de historia que gusta contar y que se va volviendo cada vez más jugosa a medida que circula entre los hombres.

Las competencias lingüísticas del soldado Joplain interesaban al oficial: desde hacía varias semanas se rumoreaba que sucedían cosas por Verdún. Se contaba que los alemanes agrupaban tropas. Se decía que no era cierto. Se habían avistado trenes descargando toneladas de material. Se decía que no era cierto. Se habían montado cañones grandes como elefantes apenas a unos kilómetros. Se decía que no era cierto. Que había campamentos inmensos, y, hasta donde alcanzaba la vista, soldados armados hasta los dientes. Se decía que no era cierto, que era un señuelo, que el verdadero ataque tendría lugar en el Somme y que de todas maneras resistiríamos... Incluso si los fuertes estaban desarmados, resistiríamos.

Se decía que no era cierto, pero empezaba a haber dudas. En concreto, un diputado enrolado voluntario, el teniente coronel Émile Driant, un belicista, proclamaba a voz en grito que se iba a armar la gorda en Verdún y que no estábamos preparados. Pues bien, el teniente coronel Driant no estaba equivocado. Desde el agujero donde se hallaba agazapado, acertó.

Para tratar de ver qué había de verdad en todos aquellos rumores, se buscaron espías. No grandes espías como en las novelas, digamos hombres capaces de acercarse a las líneas enemigas y escuchar lo que se contaba. Eventualmente, intentar capturar a alguno para hacerlo hablar.

Era algo corriente cambiar a los soldados de destino en función de su utilidad. Así, varios hombres de la compañía de Joplain partieron dos días antes a Luxeuil para instalar hangares para la aviación —construir un hangar, parece que no, pero exige competencias que no todo el mundo tenía—.

Estaban a finales del mes de enero de 1916, hacía un frío que pelaba y se helaban en el fondo de las trincheras. Joplain no insistió en que no era bilingüe en absoluto, contento como estaba de moverse un poco y de sentirse útil por fin.

Létoile, en el café donde nos encontramos, se puso a dar gritos por encima del alboroto general:

—Tampoco hablaba tan bien alemán, Émile. Se fueron unos diez, y creo que no había más de dos o tres bilingües. Todos voluntarios. O casi. Preciso «casi» porque en la guerra no se sabe nunca si uno puede elegir ser voluntario o no. El caso es que cuando le recordaron que hablaba *boche* no lo desmintió. Creo que estaba convencido de que, cuanto antes ganáramos la guerra, antes vería de nuevo a su novia.

Así fue cómo dijo adiós a sus amigos para dirigirse a un lugar donde, oficialmente, no iba a suceder absolutamente nada.

El 21 de febrero, un obús de trescientos ochenta milímetros estalla en Verdún. Son las cuatro de la mañana, el verdadero diluvio de acero comenzará a las siete y cuarto y terminará el 18 de diciembre de aquel año 1916, maldito para siempre.

8

Después de mi herida a orillas del Marne, pasé largos meses en el hospital. Tuve suerte: fui uno de los primeros beneficiarios de la solución de Dakin, que me evitó por poco la gangrena. Perdí una mano pero conservé el brazo. Fue un médico militar el primero en gastarme la broma:

—Para echar una mano, lo tienes complicado, pero nos faltan brazos, y tú tienes dos, así que vamos a encontrarte una ocupación.

Por eso me construyeron prótesis con ganchos, pinzas y otros sistemas complicados. Probaban, ajustaban, volvían a empezar. En la retaguardia, a los médicos les sobraban las ideas. Tenía que levantar los brazos, hacer un montón de ejercicios. Pasé horas intentando atrapar aros y diferentes objetos de distintas formas. Ahora que lo pienso, no peleaba por retomar mi vida normal, sino por tener de nuevo la impresión de servir para algo.

Todavía no había entendido nada de esa guerra.

Hace unos meses volví a leer las cartas que le envié a Anna en aquella época. Aún tenía esperanzas de convertirme en un héroe, de volver al campo de batalla, de reunirme con mis camaradas. Qué estupidez. Le escribía que la echaba de menos. Le decía que mi herida no era tan grave, sin entrar en detalles. Le hablaba de mi deber de ciudadano, de francés. Mi deber de *poilu*. Y es que éramos unos hombretones, éramos viriles, y no íbamos a dejar que nos pisotearan los Fritz. Íbamos a recuperarlas, Alsacia y Lorena, y una mano de menos no iba a impedirme ajustar la bayoneta al cañón de mi Lebel.

Y luego empezó Verdún. Un rumor recorrió todo el país, de boca en boca de los soldados. Se murmuraba bajo los cascos. Se contaba que los bombardeos eran intensísimos y que se oían las explosiones a más de cien kilómetros. Más de cien kilómetros. Es como si una explosión en París se oyera hasta las afueras de Ruan y los aledaños de Orleans. Había quien pensaba que era otra de esas historias para meternos miedo, una fantasía de soldados, una batalla para que los heridos presumieran de haber estado allí. Para presumir de quién era más valiente.

Un día, un oficial vino a verme a mi habitación. Tenía trabajo para mí. Yo había conducido tranvías, el ejército necesitaba camioneros.

Levanté el brazo izquierdo. Pensaba que se daría cuenta y saldría del cuarto.

No.

Se volvió hacia el médico:

—¿Nos fabricará un artilugio para que pueda agarrar un volante?

El doctor ni se giró. Dijo un «sí, sí». Llevaba meses fabricando artilugios.

Así fue como me encontré con aquel artilugio y el volante en la mano. Realizando la conexión entre Bar-le-Duc y Verdún por la Voie Sacrée. Entonces no se llamaba así. Decíamos simplemente «la Carretera» como si hubiera una sola. Una columna interminable de camiones. Llenos de soldados, válidos a la ida, inválidos a la vuelta. Y de material. Cañones, obuses, comida, animales, vino. Conducíamos sin descanso, o casi. Cincuenta y siete kilómetros entre la civilización y la barbarie. Cincuenta y siete kilómetros conduciendo día y noche como autómatas desquiciados. Había que tener cuidado, mucho cuidado: con los boquetes en la calzada y con los soldados que, día y noche, arrojaban paladas de gravilla para rellenarlos. Y sujetar el volante, a toda costa, día y noche. Los baches, el picor de ojos, la prótesis que me irritaba el brazo.

En el cielo había fuego. Fuego y cenizas. En la tierra, sacudidas y temblores. La antesala del infierno.

No vi Verdún. Apenas lo olí, lo respiré.

Por el contrario, sí vi las miradas de los soldados. De los que habían sobrevivido, de los que esperaban el relevo. Ojos que no eran humanos: abiertos como platos, espantados, vacíos. Ya no eran soldados, ya no eran hombres. A algunos teníamos que cogerlos de la mano, del brazo, para ayudarlos a subir a los camiones. Y hasta para eso nos faltaba tiempo. Cargábamos a los heridos en la parte trasera. Los que eran transportables. Había una primera selección. Los que iban a morir seguro, los que había que operar allí mismo y los que nos llevaríamos a la retaguardia.

Yo no me ocupaba de eso. Intentaba recobrar fuerzas antes de volver a tragarme los cincuenta y siete kilómetros de vuelta. Me servían un café malo y frío. Nadie protestaba ya por la temperatura del café. Los únicos gritos eran los de dolor, que necesitaban manifestarse. Los chillidos de los amputados, los gemidos de los moribundos. Y los que decían que había que darse prisa, apresurarse, dejar la carretera libre, hacer sitio, apartarse, no, aquí no, allí, pero echaos a un lado, rediós, no os quedéis ahí parados, ¿no veis que...? No veíamos nada de nada. Teníamos los párpados exhaustos, la mirada polvorienta. Había demasiada sangre, demasiadas heridas. No veíamos nada.

Nos movíamos, a pesar de todo. Porque era una orden y las órdenes no se discutían, aunque no se supiera de dónde provenían. La voz que gritaba que nos apartáramos puede que fuera simplemente la de un zapador que intentaba echar un puñado de piedras debajo de las ruedas del camión para que no patinara al arrancar. Yo no lo sabía, ya no sabía nada. Era un conductor autómata con la mano amputada. Una marioneta.

Durante las horas que pasé allí conocí a Raymond Davisse. Era camillero, parecía perpetuamente perdido y no veía a dos metros de distancia a pesar del grosor de los cristales de sus gafas. Por eso no pudo ir nunca al frente. Era el encargado de los registros. Apuntaba los nombres de los soldados que transportábamos. Más de dos millones de hombres pasaron por ahí. Él anotaba el nombre de los heridos. Encorvado sobre el enorme registro, mojaba la pluma en la tinta y garabateaba y garabateaba sin apenas levantar la vista. Y, cuando la levantaba, parecía descubrir el caos en el que nos hallábamos. Había demasiada gente, hombres tumbados por todas partes, apilados. Ya no eran escuadras, ni divisiones ni compañías. Eran montones de hombres. Amorfos, desordenados, desmadejados.

En aquel caos fue donde oí hablar por primera vez de la Hija de la Luna. Normalmente no me encargaba de las camillas. Con mi mano, hay que decir que no era el más cualificado para ese tipo de tareas. Pero, claro, todos teníamos que ayudar. Sobre todo los que no íbamos al frente. Nos sentíamos obligados. Y a aguantarse sin café y sin dormir. Una mañana, antes de volver a la carretera, llevé agua a la parte trasera de mi camión. Era para un pobre tipo que estaba en pleno delirio, uno que no deliraba diez minutos antes y que, con toda seguridad, llegaría muerto a destino. Rechazó la cantimplora que le acerqué a los labios para decirme que la había visto. A la Hija de la Luna. La había visto a menos de diez metros.

Y que era guapa.

Y que lo miró.

Y que le sonrió.

Y que luego desapareció así. Como por arte de magia. Que había regresado a la luna.

Los demás heridos se rieron y luego replicaron todos a una: «¡Ha regresado a la luna!».

Pero, volviendo a Raymond Davisse, era un pirado de las cifras. Sus frases se componían esencialmente de números. Era su manera de tranquilizarse, de ser capaz de aprehender el estado del mundo. Había visto tantos caras partidas y tantos destinos arruinados que había dejado una parte de su alma en la Voie Sacrée. Cuando lo conocí, me indicó que yo conducía el sexagésimo cuarto camión del día en llegar. Cuando me fui, al día siguiente, me precisó que llevaba a bordo de mi camión al centésimo herido del día. Creo que yo era el único que le hacía caso. Los demás no lo escuchaban. Ni siquiera lo veían. Y, aunque no era un animal fácil de domesticar, tras muchas idas y venidas, aprendí a conocerlo un poco mejor.

No me sorprendió encontrármelo entre el personal del Ministerio de Pensiones, Primas y Subvenciones, que acababa de crearse y que pronto se convertiría en el Ministerio de Pensiones. Entró a formar parte del servicio en 1920. Él había llevado los registros mejor que nadie. No debió de resultar muy complicado defender su candidatura.

En cuanto a mí, acudí allí porque estaba realizando una investigación sobre un desaparecido, unos años después. Un caso bastante fácil: una escuadra diezmada por completo. Faltaba un nombre y había un cuerpo sin placa. Correspondencia fácil con un margen de error muy pequeño. Sin embargo, cotejaba una y otra vez los registros, verificaba las fuentes, entraba en los despachos contiguos, repasaba las listas de desaparecidos, comparaba. Y cuando el margen de incertidumbre era tan nimio que ya no lograba percibirlo a través de sus lentes bifocales, pasaba el nombre de una columna a otra.

En otras palabras, aquel caso lo resolvió él solo.

Desde entonces recurría a menudo a su competencia y a sus archivos. Encontrábamos la fecha y el lugar de fallecimiento así como la identidad del oficial y de los testigos presenciales, pero también el nombre de los padres, su apellido, nombre, grado, número de servicio, destino, fecha y lugar de nacimiento, y el último domicilio conocido del soldado. Dicho de otra manera, una mina en cuanto a información se refiere..., con una condición, nada baladí: para figurar ahí había que estar muerto.

Se convirtió en un aliado importantísimo al que debía tratar con sumo tacto. Nos completábamos a las mil maravillas: yo para el trabajo de campo y él en los despachos. Yo para permitir que las viudas cobraran una pensión o que los municipios pusieran un nombre en un monumento. Él para poner los nombres correctos en las columnas adecuadas, para dar al número de víctimas una verdad aritmética.

Había conseguido conocerle un poco mejor. No tenía familia ni aficiones, aparte de la de contar, más y más, sin parar. Contar hasta volverse loco, cada vez más loco. Cuando se le caía un pelo encima de la mesa, no podía impedir un:

—Es el séptimo del día.

O cuando alguien pasaba por el pasillo:

—Es el noveno en una hora.

Y cuanto más contaba, más se encorvaba. Parecía como si las cifras le doblaran el espinazo, demasiado pesadas para su pobre esqueleto. Acabó por formar una U invertida. Al inclinarse a leer un registro, la cara le quedaba prácticamente a la altura de la pelvis.

Cuando iba a verlo, volvía con más cifras que información.

A veces, se ponía nervioso.

—¡Más de un millón trescientos mil muertos, más de cuatro millones de heridos! Es muy vago, demasiado vago. Los hombres que se dejaron la piel allí merecen más que una mera aproximación. Se les debe una cifra exacta. Daré con ella.

No aceptaba que la realidad no se encontrara entre su pulgar y su índice. Le parecía indigno de una sociedad civilizada. No se hacía a la idea de que pudieran existir tumbas anónimas. Fosas comunes de 1914, de los camaradas abandonados en los campos de batalla, de todos los que, bajo el pretexto de que no tenían familia, quedaban definitivamente olvidados. Más de cien mil cuerpos sin sepultura.

En cuanto a la Hija de la Luna, acerca de la que había intentado preguntarle, no se lo creía. Sin nombre, no hay dosier. Mientras no hubiera un testimonio plausible, se trataba de un rumor y nada más. Un rumor sobre el que, a pesar de todo, me preguntaba periódicamente para saber si me había enterado de algo más.

Tal como imaginaba, no había ni rastro de Joplain en ninguna de sus listas. Pero aquel día el registro que me interesaba era su registro de Verdún, del que se encargaba en la Voie Sacrée.

—Número de personas que solicitan el acceso a este registro: una sola —me dijo al extraer el pesado volumen de su biblioteca.

Lo abrió, se inclinó sobre él, se inclinó más aún. Y más. Acabó por caer sobre el registro, donde pasó varias horas. Su grito me sacó del sueño en el que me había refugiado.

—¡Número de Joplain evacuados por herida: uno!

12 de junio de 1916. Con una breve nota. «Herida superficial en la pierna, necesita evacuación para tratamiento. Primeros cuidados efectuados por el médico, mayor Adolphe Menu.»

El juego de pistas continuaba.

9

No costó mucho encontrar al médico y mayor Adolphe Menu. En 1918 lo destinaron a la ciudad de Laón, donde seguía ejerciendo. Fui a verlo sin molestarme en avisarlo, algo que, entre militares, no es muy buena idea.

Me personé en su domicilio a eso de las tres de la tarde.

No tenía tiempo.

—En absoluto. Además, así, sin cita previa... ¿Qué se imaginaba? Es asombroso, presentarse sin avisar...

Me permití insistir.

—¿Joplain? ¿Verdún? ¡Haberlo dicho antes! Vuelva esta noche, cenaremos juntos.

Aproveché para dar una vuelta por la ciudad. Laón era un destino especial. Había estado ocupada por el enemigo desde 1914. En Laón, como en otros lugares del norte de Francia y en Bélgica, los civiles no guardaban un buen recuerdo de ese periodo. Obligación para la población masculina de descubrirse para saludar a los oficiales alemanes, prohibición de permanecer en la calle sin razón válida, obligación de ir a recoger ortigas o de ir a trabajar al ferrocarril para las necesidades del ocupante, supresión de todo periódico en lengua francesa, vejaciones de todo tipo...

Fui hasta la catedral y pensé en mi Anna. Ella, en cuanto tenía la ocasión, entraba en un lugar de culto para encender un cirio. «Gracias a eso volviste», me decía. Por mucho que le contestara que los camaradas que me habían protegido también tenían algo que ver, ella replicaba que Dios había estado allí. «¿El dios Dakin?», le replicaba. Me miraba poniéndose en jarras y me trataba de descreído, a lo que yo respondía afirmativamente. Había visto demasiadas atrocidades como para creer en algo.

Al menos había que reconocer que la catedral era bonita. Encendí un cirio, imaginándomela sonriente y en jarras.

El médico y mayor Menu tenía esa manera tan militar de ir directo al grano. Cuando me presenté en su casa a la hora de la cena, se limitó a sentenciar: «Qué puntual», y me precedió por un largo pasillo que daba a un comedor. Había un puchero en el centro de la mesa. Una botella descorchada. Dos platos. No me atreví a preguntar por la eventual existencia de una señora Menu.

—Caza.

Silencio.

No sabía muy bien qué debía contestar a semejante afirmación. Efectivamente era caza. Probé a apostillar:

—Perfecto.

A lo que él no respondió.

—Vino de Saint-Émilion.

Silencio.

Esta vez me aventuré más:

—En cuestión de vinos, nada supera un buen burdeos.

Me lanzó una mirada de desconfianza.

La velada se me iba a hacer muy larga.

Solo se soltó a hablar tras mojar su grueso bigote en la copa:

—Verdún. En el 347, de los cinco médicos, uno acabó herido, otro, desaparecido, y un tercero, intoxicado. Peor aún, de los cincuenta y dos enfermeros, camilleros y ciclistas, cuarenta y cuatro no volvieron. Combatimos. A nuestra manera. No necesitábamos armas para morir. Hicimos todo lo que pudimos. Echándole mucho valor, no se crea. Abnegación. Todo el tiempo. Para los camilleros, no resultaba fácil. Hacía falta tener fuerza para transportar de aquí para allá a todos esos heridos. Y los camilleros no estaban muy en forma, tampoco.

Al contrario de lo que me había imaginado, no cerró la boca en toda la noche. Solo un trago de vino y un bocado de carne de vez en cuando entrecortaban un discurso que no paraba y que era, he de confesarlo, apasionante.

—Me acuerdo bastante bien de su Joplain. Fui yo quien lo envió a la retaguardia. No tenía una herida grave. Era sobre todo su ánimo el que estaba afectado. Todos teníamos el ánimo afectado. A él, casi no lo conocía. Llegó poco antes, había cambiado de compañía y se encontró con el fuego cruzado. Me parece que tenía metralla en la pierna. Había visto a muchos igual. Si lo mandé a la retaguardia fue por su cabeza. Prácticamente había perdido la razón. Buscaba a su novia. Sí, señor. A su novia. Puedo decirle que, si había un sitio en el mundo donde no hubiera ninguna posibilidad de encontrar a una novia, ese era Verdún en 1916. Cuando hablaba de ella se le llenaban los ojos de lucecitas. Luces así, llevaba yo meses, quizá años, sin verlas. Era como si se hubiera separado de su novia la víspera. Me dije que le sentaría bien irse un tiempo a la retaguardia. Que igual su novia podría ir a visitarlo al hospital. Y luego...

Se levantó para ir a buscar una segunda botella de vino, «un Pessac-Léognan», y volvió a sentarse. Se le había acabado la verborrea. Su voz había cambiado. Se puso a murmurar, como si se hubiera olvidado de mi presencia o como si no supiera quién era yo y estuviera aflorando un recuerdo en un rincón de su memoria.

La historia que me contó entonces me la sabía de memoria. Era la del subteniente Herduin. No llevé yo el caso, pero su viuda removió cielo y tierra para conseguir su rehabilitación. Era un clásico para todos los que nos dedicábamos a la investigación de esos años, lo mismo que el caso Maupas o el del soldado desconocido y vivo.

También él formaba parte del 347. Le tocó en primera línea, sufrió un bombardeo intenso que diezmó a la mitad de la compañía. Una auténtica carnicería durante la que murió su comandante de regimiento y su comandante de batallón cayó prisionero. Empezaba a faltar la munición y el enemigo iba a atacar de un momento a otro. Herduin, ayudado por otro subteniente, Millant, aprovechó la oscuridad para conducir a los cuarenta supervivientes hasta la retaguardia. Cuando llegaron por fin al bosque de Fleury, se enteraron de que, por orden del coronel Bernard, Millant y él habían sido condenados al pelotón de ejecución por abandono de su puesto.

—Todo el mundo se quedó tocado, en estado de shock. Estábamos acostumbrados a que los *boches* nos bombardearan sin parar, pero aquello no podíamos ni imaginárnoslo. Y todavía nos dolía más. Herduin era un ejemplo para todos. Pero el coronel Bernard no quiso saber nada. Vi a hombres llorando. A su Joplain. Él era uno de los cuarenta. Él volvía herido y veía cómo condenaban a la picota a su salvador. Por eso perdió la cabeza.

Era impensable lo que nos ocurría. No quise asistir a la ejecución. No deseaba participar del espectáculo. Y quería que se supiera.

Pegó un puñetazo en la mesa y juraría que le corrió una lágrima por la mejilla. Luego contó el terrible desenlace: Herduin pidió ponerse él mismo a la cabeza del pelotón de su propia ejecución, porque no quería infligirle eso a nadie. No había salvado a sus hombres para imponerles semejante responsabilidad.

—¡Preparados, listos, apunten, fuego!

El tictac del reloj de pared.

El grifo que goteaba en la cocina.

—Este año, nueve después de su muerte, pusieron su nombre a una calle de Reims. Ahí había nacido. Fui a verla. No es una calle grande. Pero está bien.

Se hizo un profundo silencio. No sabía cómo despedirme.

—A su Joplain le encontré un pretexto para que pudiera descansar. Apenas hablaba. Estaba conmocionado. No habría aguantado una hora más. No volví a verlo. El 347 se disolvió el 22 de junio. Once días después de la muerte de Herduin y de Millant.

Esta vez sí había terminado.

10

Heridos no faltaban; los había por todas partes. Era incluso lo que mejor sabíamos hacer en aquella época: lisiados y muertos. Tuve que recurrir a muchas de mis relaciones para dar con el paradero de Joplain tras ser evacuado de Verdún.

Para permanecer lo más cerca posible del frente, llegué incluso a renunciar a los permisos que me proponían. Anna me esperaba en casa y yo me empeñaba en quedarme para ir en busca de mis camaradas. El deber. Era lo que nos habían enseñado. Nuestro deber de luchar. Al principio lo hice por Francia, por Alsacia y Lorena, por la tierra de mis ancestros, contra la barbarie de los *boches* que violaban a nuestras hijas, a nuestras novias. Luego, por mis compañeros. Porque habíamos combatido juntos, habíamos reído y llorado juntos. Había tenido los mismos piojos, los mismos miedos, el mismo pánico. Éramos una familia que perdía a un miembro cada hora. Así que había que proteger a los demás. A toda costa. Era lo que nos mantenía de pie. Permanecer juntos, protegernos. Y descansar.

Cuando estábamos en la retaguardia, intentábamos olvidar a nuestros muertos. Buscábamos una mesa. Se convirtió en una obsesión. No volver a comer sobre nuestras rodillas, sino acodados a una mesa de verdad. Aunque no hubiera platos, por lo menos una mesa. La mayor parte del tiempo, un tablón o una puerta desquiciada servían igualmente. Las cosas como son: toda una escuadra alrededor de una mesa, eso nos daba la impresión de estar en la civilización. Nos contábamos nuestras juventudes perdidas, nuestros permisos malogrados, las madrinas de guerra, las mujeres, las novias. Los proyectos. También cantábamos. La Madelon acudía a servirnos de beber. Y bebíamos. Y bebíamos. Y volvíamos a beber. Bebíamos hasta que nos reventaba la tripa, hasta que nos olvidábamos de nuestras desgracias, de nuestras familias, hasta que nos olvidábamos de respirar. Pisoteábamos nuestras propias sombras, maldecíamos a los emboscados. Y cantábamos. Y bebíamos. Y nos olvidábamos. Nos olvidábamos de que iba a estallar todo de nuevo, de que marcharíamos cien y volveríamos treinta, de que íbamos a matar, de que íbamos a morir, de que íbamos a dejar a un amigo nuestro en tierra de nadie e íbamos a oír sus gemidos toda la noche. Y cantábamos. Y bebíamos. Y olvidábamos que seguramente uno de nosotros tendría que abreviar el sufrimiento del amigo de un tiro de Lebel, aunque no tuviéramos derecho, aunque corriéramos un riesgo muy grande por hacerlo. Los amigos primero suplican que vayamos a buscarlos. Y, cuando entienden, suplican que abreviemos. Y nosotros, semihundidos en la tierra como las cucarachas, solo esperamos que sea otro el que tenga el valor de abreviar. Nadie quiere matar a un amigo, ni siquiera cuando suplica. Así que bebíamos. Y cantábamos. En cuanto teníamos oportunidad.

En el hospital de Tours al que Joplain había sido trasladado nueve años atrás, me recibió un tal doctor Robert. Heridos, los vio pasar a montones. Miles. Y no todos enteros, dijo bromeando. Debía de tener cerca de sesenta años y no se había duchado desde hacía cincuenta. Su despacho olía a mugre y a tabaco frío.

—Émile Joplain, veintitrés años, ingresado el 14 de junio de 1916, llegado directamente de Verdún. Herida en la pierna, ligera confusión mental. ¡Vaya pedigrí! Como los demás. No quiero criticar, pero una herida leve y pierden la chaveta... La verdad es que a veces no valían nada los hombres que recibíamos. Así que empleaba las descargas eléctricas para espabilarles la sesera. Estaban sonados. Entre usted y yo, nunca supe si esas descargas eléctricas servían para algo. Pero eran útiles a la hora de descubrir a los que fingían. ¡En general no insistían para quedarse entre nosotros, los que habían probado el voltaje!

Se partió de risa antes de proseguir:

—¡Menudos hombretones, los *poilus*! ¡Ay, tengo pupa! ¡Tengo miedo! ¡Quiero ir con mi mamá! ¡Clic, clac! Ven que te enchufe y arrea. Reconozco a los simuladores. A veinte metros. Por el olor. El olor a miedo. Y a cobardía. El simulador huele como una presa acorralada. Ya sabe, como la corza intuyendo que la mirilla del cazador le apunta a los cuartos traseros. ¡Ah!, los soldados estaban bien informados sobre la psicosis del alambre de púas. La psicosis del alambre de púas por aquí, la psicosis del alambre de púas por allá. Menos mal que los oficiales me habían prevenido. Ellos no se andaban con bromas. «¡Descúbrame a los simuladores y envíelos de vuelta al frente!» Y dieron con la persona adecuada, créame.

Intenté dejar de escuchar. Era insoportable. Me imaginaba a los camaradas que habían pasado por sus manos.

No era la primera vez que oía la historia de los electroshocks. ¿Era más eficaz que una amputación o una camisa de fuerza? No era médico para poder juzgar. Lo que me daba ganas de vomitar, sin embargo, era el sadismo que brillaba en la mirada del doctor Robert cada vez que su lengua chasqueaba el paladar al pronunciar «shock».

Pero tenía razón en aquello de que muchos médicos militares habían recibido órdenes. Había que mandar a los impostores al frente. No dejarse engañar. Se necesitaba carne para alimentar las ametralladoras alemanas. Órdenes venidas de la retaguardia para mandar de nuevo a primera línea a quienes acababan de volver.

Esa falta de consideración por los soldados por parte de los de la retaguardia era indignante. Habíamos pagado los platos rotos, mientras ellos, emboscados, vivían la mar de tranquilos. Es cierto que nos alegrábamos de ver a los médicos cuando los necesitábamos. Pero es cierto también que habríamos preferido estar en su lugar. En el retiro. En la retaguardia. Nunca en el frente. A los pobres camilleros les daban por todos los lados. Esa era la verdad, la única verdad. Y Adolphe Menu había insistido en ello. Pero en el hospital estaban protegidos. De vez en cuando un obús alcanzaba el tejado. A veces la aviación alemana bombardeaba un hospital. Como cualquier otro sitio, ni más ni menos. También en París. La Gran Berta destruyó la iglesia de Saint-Gervais en el 18. Bueno, eso era lo que se decía entonces. Luego me enteré de que no había sido la Gran Berta, sino tres cañones ubicados a más de ciento veinte kilómetros de allí. Viene a ser lo mismo.

A fuerza de remover la mierda de la Gran Guerra durante siete años, me tropecé con muchos insensibles, cerriles. Ignoro cómo trabajaba el doctor Robert antes de 1914. No podía saber si era la guerra lo que lo había privado de su humanidad enviándole heridos cada vez más tullidos. No podía creer que siempre hubiera sido así. Aunque quizá estuviera confundido. La guerra no era la única excusa para la inhumanidad.

Pero lo que sí era seguro es que perdió el tren del progreso psiquiátrico.

Desde mi desmovilización, tuve ocasión de conocer a muchos especialistas. Me confiaron hasta qué punto se habían sentido desamparados con la llegada de aquellos pacientes que sufrían alucinaciones terribles, temblores irreprimibles, de los que se levantaban en plena noche profiriendo unos alaridos capaces de despertar a los muertos, de los que estaban doblados en dos y no conseguían enderezarse, de los depresivos que habían perdido el uso del oído, de la palabra, de la vista o la memoria sin ninguna explicación fisiológica. Por eso a la psicosis del alambre de púas la llamábamos «obusitis». Pensábamos que era el impacto de la explosión lo que provocaba daños invisibles, una neurosis de guerra, en resumidas cuentas.

Estaba a punto de zafarme de la logorrea del doctor Robert cuando se dignó a examinar de nuevo el dosier:

—El paciente Joplain no permaneció mucho tiempo. Por lo que veo, lo entregué a unos oficiales que pasaban por aquí, que iban de camino al Somme, donde los británicos estaban pasándolo mal. Podían hacer con él lo que les diera la gana, no era asunto mío. Era un melancólico, o tenía una de esas fantasías románticas. Quería encontrar a su novia no sé dónde. «¿Y la guerra?», le pregunté. No podíamos quedarnos de brazos cruzados. A decir verdad, no recuerdo qué herida tenía, no debía de ser nada grave. Para mí que quería escaquearse, esfumarse y disfrutar de los placeres de la carne o algo así. Le largué una pequeña descarga para que se le quitaran las ganas de romances y devolverlo al servicio a la patria. ¡No le hizo ninguna gracia! Si se queda un poco más, le haré una demostración. Puedo ir a buscar a un enfermo, hace tiempo que no he electrocutado a nadie, ¡igual he perdido la mano!

Su mirada se dirigió a mi brazo. Creí que iba a excusarse, pero no. Le dio un ataque de risa que parecía no terminar nunca. Lloraba, daba puñetazos en la mesa de su despacho repitiendo: «Igual he perdido la mano... ¿Lo coge?».

Yo lo miraba intentando permanecer impasible, a la espera de que recuperara la compostura.

No la recuperó.

Habíamos terminado. No me propuso acompañarme, lo que me permitió deambular un poco por los pasillos. Siempre con la esperanza de tropezarme con alguien que se acordara de Joplain, que hubiera oído una frase o guardado en un rincón de su memoria una información que me permitiera avanzar. Un enfermero me indicó a otro enfermero que estaba allí antes que él. Ese enfermero me indicó a otro que me indicó a otro.

—¿1916? ¡Vamos, hombre! La guerra se acabó hace demasiado tiempo.

Cuando ya había tirado la toalla, la información vino a mí. Un silbido:

—¡Chis, eh, chis!

Un viejo más viejo que todos los viejos. Encorvado. Desdentado. Un anciano de cuento de hadas, uno de esos que son víctimas de un terrible castigo. Su castigo era la guerra, por supuesto. Y, sin embargo, sus ojos brillaban. De hecho, era lo único que brillaba en ese pasillo.

—¡Chis, eh, chis!

Me acerqué. Hablaba en voz muy baja, me dijo que había conocido a Émile Joplain, que no estaba enfermo de la cabeza, sino del corazón.

—Era un enamorado, no un enfermo como yo, como tú, como yo. ¿Tú estás enfermo, tú? Yo estoy loco, y mucho, completamente loco, como un cencerro, tolón, tolón. Perdí la cabeza, se quedó en una trinchera, zaguera, postrera, huera. Joplain, un poco patán, al tren subió con afán.

Me hizo una seña para que lo siguiera a su cuarto.

Había dibujos colgados en las paredes. Decenas de dibujos. Debajo de los dibujos, más dibujos. Y en cada uno de ellos, no había duda, la Hija de la Luna. De pie, agachada, lasciva, bailando, escondiéndose.

Le pregunté si era el autor. Me contestó que no, que era otro, uno que llegó bastante después del enamorado. Y luego guardó silencio. Fue a explorar al fondo de sus recuerdos. Muy lejos, muy hondo. Sus párpados comenzaron a temblar ligeramente.

—Hérisson *el Erizo* lo llamaban.

Le pregunté por su verdadero apellido.

—¡Hérisson!

—Entonces lo llamaban por el apellido.

—Sí.

—Me ha dicho «lo llamaban», por eso he pensado que era un mote.

—Eso es. Hérisson *el Erizo.*

—*Hérisson* quiere decir «erizo». ¿Se llamaba y se apodaba igual?

—¿Y por qué no? Tiene derecho.

—No es una cuestión de tener o no tener derecho.

—Hérisson suena a apodo, a «Erizo», por eso se hizo, lo de llamarle «el Erizo», para rizar el rizo.

—Entiendo.

—Además, padecía la psicosis del alambre de púas, y, ya sabe, el erizo tiene púas, ¡ja, ja!

—¿Y tenía un nombre?

—¡Georges!

—¿Y sabe dónde podría encontrarlo?

—El Erizo murió. Perdió la cabeza. Llegó hasta el final de la guerra y luego se murió. ¿Adónde fue? No lo sé. Un día ya no estaba aquí.

Se quedó inmóvil.

—Puede que Hérisson no fuera su verdadero apellido. Era una especie de gitano que cantaba canciones raras con una letra que nadie entendía.

Se animó.

—¡Chis, eh, chis! Estoy cansado. Váyase. Aquí no hay ni enamorados ni erizos, no, no, no. Y, como sigamos, vendrán con la electricidad.

11

Nada más llegar a París, volví a ver a Raymond Davisse para tratar de averiguar algo más sobre el tal Hérisson que había pasado por el mismo hospital que Joplain.

Parecía estar esperándome.

—Número de libros leídos esta semana: uno. Y no uno cualquiera, un Goncourt, ¡y de los buenos, sí, señor! He de confesar que no soy un gran lector. Me atrajo el tema. *El fuego*, de Henri Barbusse; me dije que podía ser útil, todo el mundo dice que en ese libro se cuenta la guerra mejor que en ningún otro.

Nunca había visto a mi amigo tan excitado. Incluso se enderezó al menos veinte o treinta grados.

—Te ahorro los detalles. Pero escucha esto, no vas a creer lo que oyes. Quizá haya encontrado la solución a uno de tus enigmas. El libro se publicó en 1916... ¡Tenías la respuesta delante de los ojos!

¡Ay, amigo mío! Deberías frecuentar más las librerías y menos los hospitales, créeme.

Cogió el famoso libro y lo abrió por la primera parte.

—Es un momento en que la escuadra de Barbusse vuelve a la retaguardia:

»"En la linde del bosque surgió de repente una forma de mujer a contraluz. El juego de los rayos delimitaba su resplandor. Se erguía de pie en el lindero de los árboles, que formaban un fondo de cortes violáceos, esbelta, con la cabeza aureolada de rubio, y se veían, en su faz pálida, las manchas de sus ojos inmensos. Aquella criatura luminosa nos contemplaba con las piernas temblorosas, y luego, bruscamente se abismó en el soto como una antorcha".

»¿A qué te recuerda?

¡La Hija de la Luna!

David pasaba las páginas excitado:

—Espera, espera, eso no es todo, no digas nada, escucha, dos páginas después:

»"Surgió a medias, al fondo, a la izquierda, de la sombra verde del soto. Sosteniéndose en una rama, con una mano, se inclinaba y ofrecía sus ojos de noche y su faz pálida, que, vivamente iluminada de un lado, parecía llevar una media luna. Vi que estaba sonriendo".

»Y tú te dices que de qué nos sirve eso, historias así hemos oído miles y no nos ayudan. Pues bien, ¡especie de incrédulo!

(Yo no había hecho la menor objeción.)

—¿Te imaginas que me invento todo esto, que te estoy gastando una broma?

(No había imaginado ni por un segundo semejante opción.)

—¿Te dices que todo esto es solo literatura y que quieres algo concreto, solo concreto, que para conocer el nombre de la criatura nocturna estarías dispuesto a matar a tu padre y a tu madre?

(Nunca se me habría ocurrido un matricidio ni un parricidio.)

—Pues bien, que sepas que, por amistad, voy a darte ese nombre. Escucha, viene en el capítulo siguiente:

»"Un momento, entre dos casas, en una callejuela, tengo una visión breve: una mujer ha atravesado el bache de sombra... ¡Es Eudoxie! Eudoxie, la mujer corza..."

»Y después, mucho después en el libro:

»"La quiero, pero, ¿sabes?, con gusto me casaría yo. Se llama Eudoxie Dumail".

»Ahí lo tienes. El nombre de la Hija de la Luna: Eudoxie. Apellido: Dumail.

Estaba frente a mí, con el libro en la mano, orgulloso de su hallazgo. Podía estarlo. Era una información de primera la que acababa de descubrirme. Veía sus ojos enormes a través de sus gafas. Y la comisura de sus labios, que se tensaba por segundos.

En aquel preciso momento me di cuenta de que la historia de la Hija de la Luna había adquirido una importancia real en mi vida. Había algo en ella que me fascinaba. Era como si me siguiera a todas partes, como un fantasma que anduviera rondando cerca de mí.

Pasé los dos días siguientes encerrado en mi casa, inmerso en el libro de Barbusse. Lo había leído cuando se publicó en 1916 y entonces no me fijé en los pasajes donde aparecía Eudoxie Dumail.

Pensé, sin duda, que se trataba de una prostituta cualquiera. Una de esas sombras errantes de aquella época loca. Una campesina de la zona que salía por la noche para revisar las trampas, vender algún producto o algún hechizo. Quizá solo existiera en la imaginación de Barbusse.

Curiosa impresión, la de leer esas páginas cómodamente sentado en mi salón. Una sensación de malestar se apoderó de mí. Aquel libro me contaba mi guerra, a mis camaradas, mi juventud, los años que me obsesionaban. Volví a pensar en esos compañeros que me habían transportado a lo largo de una tripa larga y sinuosa. Un *shrapnel* silbó sobre nosotros. Sabía que venía en nuestra dirección. Lo sabíamos todos. La única incógnita era sobre quién caería. Explotó a escasos metros de mí. Se llevó mi mano y la cara de un tal Joseph Buquet. Luego me enteré de que Buquet había muerto, ahogado en su propia sangre. En cuanto a mí, perdí el conocimiento. Fueron dos hermanos los que me transportaron hasta la enfermería, dos muchachos que venían del norte de Francia y que murieron con unos meses de intervalo sin tener a nadie que los transportara.

Me llevaron en una camilla. Me desperté tumbado en el suelo, recuerdo que estaba rodeado de barro y que había una brizna de hierba. Justo una brizna. Me pareció formidable aquella brizna de hierba que bailaba para mí. Cuanto más la miraba, más bailaba ella. Y me quedé dormido.

Después hubo un camión, luego un vagón. No me acuerdo de las fechas. Sin embargo, sí recuerdo con toda precisión el momento en que fui consciente de la pérdida de mi mano. Tontamente, había creído que estaba rota, perforada, aplastada. No imaginé que podía haber desaparecido. Pensé en los tranvías. Pensé en Anna.

12

Eudoxie, Anna, Lucie. Había llegado la hora de acelerar para encontrar a la novia de Joplain.

Gracias a algunos de mis contactos en Alsacia, acabé por conseguir la dirección de sus padres. Seguían viviendo en Molsheim, apenas a unos treinta kilómetros al oeste de Estrasburgo. Estuve esperando bastante tiempo una respuesta por su parte, para evitarme el largo desplazamiento hasta Alsacia. Como la contestación nunca llegó, decidí acercarme.

Ir a Alsacia suponía siempre enfrentarse a una realidad extremadamente compleja. Entre los que nacieron franceses y los que nacieron alemanes y lucharon contra los franceses, seguramente habría un ambiente con olor a pólvora y a peleas de *winstub*. Pero la primera vez que fui, en la primavera de 1919, esperaba encontrarme una tierra en fiestas: después de todo, combatimos durante cuatro años para devolverles su dignidad. Evidentemente, no era el sentimiento general. Porque, en primer lugar, nunca perdieron su dignidad, y, en segundo lugar, no estaban todos encantados de convertirse en franceses. Una buena parte de ellos se sentía sobre todo alsaciana. Sin contar con que, de los muertos de cada pueblo, la mayoría lo estaban por balas francesas. Vayan a explicar a una viuda de guerra que la bala era por una buena causa: «Hemos matado a su marido... Pero, ¡buenas noticias!: ¡es usted francesa de nuevo, señora!».

No hay que olvidar que, en 1914, Alsacia —y Mosela, pero no es ese el tema que nos incumbe— llevaba cuarenta y tres años siendo alemana. Lo suficiente como para adoptar costumbres germanófilas. Según la propaganda francesa, los alsacianos siempre se sintieron franceses y, si vistieron el uniforme imperial, fue porque los obligaron. Tuve que rendirme a la evidencia: las cosas eran bastante más complicadas. La gran mayoría, la aplastante mayoría de los alsacianos en edad de combatir habían nacido alemanes.

Entre los discursos de las tropas francesas a su llegada, y los monumentos erigidos a los muertos, todo el mundo estaba bastante molesto con la historia. Menudo dilema: ¿qué había que escribir en los monumentos a los muertos? ¿«Caídos por la Patria»? Sí, pero ¿cuál? Lo de las pensiones de guerra era un incordio, pero para la prefectura eso era una auténtica espina atravesada en la garganta. La mayor parte de los municipios que pude visitar consiguieron homenajear a sus difuntos con monumentos sobriamente dedicados «a nuestros hijos desaparecidos» o «a nuestros muertos».

La verdad es que nunca me habría fijado si no me lo hubiera comentado el alcalde de un pueblecito. En 1922, en el marco de una investigación sobre un fusilado ejemplar, tuve que hojear los archivos del registro civil de su municipio, cerca de Molsheim. Me recibió en su despacho y me hizo preguntas acerca de mi mano, me preguntó dónde había combatido, si sufrí. Vi que no eran preguntas de mera cortesía. Era mayor, era demasiado viejo para haber ido al frente. Se interesaba realmente por mi historia, bastante más que por la investigación que estaba llevando a cabo en ese momento. Yo, que tenía la costumbre de escuchar las historias de los demás, me puse a contar la mía. Mi movilización, las caminatas interminables, días enteros, noches enteras. Mi herida. Mi hospitalización. Me miraba conmovido. Abrió un cajón de su mesa y sacó una fotografía diciéndome que su hijo también había ido a la guerra. La puso delante de mí. Un *feldgrau*, como los llamábamos.

—No sé por quién murió mi hijo. Me dijeron que murió como un héroe.

No tenía nada que responder a eso. El soldado tenía unos veinte años. Se le adivinaba un bigote rubio y fino. La mirada clara y decidida. Llevaba el uniforme que yo tanto había odiado.

Retomó la palabra:

—¿Piensa usted que se puede morir como un héroe si el enemigo de ayer se convierte en la nación de mañana?

Le respondí que se podía morir como un héroe salvando a sus camaradas. Sonrió. Tristemente, pero sonrió.

Al salir de su despacho me sentí estúpido, me di cuenta de que nunca me había planteado el problema de Alsacia. Nunca me había hecho preguntas sobre los alsacianos. Había matado para recuperar esas regiones porque me parecía justo. Y porque obedecía órdenes.

13

Llegué a la casa de Elsa y Lorenz Himmel una noche de otoño de 1925. Era minúscula. En la calle, todas las casas eran preciosas —con las contraventanas pintadas a juego con el entramado de madera—, salvo esa. Dos viejos muy viejos me esperaban. Viejos no tan viejos, en realidad. Viejos desgastados por vidas feas. Manos estropeadas, espaldas encorvadas, dientes de menos, sonrisas ausentes. Era la primera vez que veía la cara de Lucie: unos quince años, en color sepia, enmarcada, colgada en la pared del salón. Como una imagen piadosa. Con el pelo claro recogido en un moño, el codo apoyado en un libro abierto.

Me miraban sin decir nada. No entendían muy bien qué había ido a hacer allí. Permanecimos un momento en silencio. Para ganarme su confianza, les conté lo que sabía, lo que me habían dicho Macaret y Létoile. La infancia de Lucie, su partida de

Alsacia, su encuentro con Émile, la separación forzosa, los amores prohibidos, las cartas que nunca llegaron a destino.

No asentían, no fruncían el ceño, parecían dos estatuas de sal. Con las manos pegadas a la mesa. Llegué al final de mi historia sin estar seguro de que me estuvieran entendiendo. Desde mi llegada, apenas si habían pronunciado dos palabras. El silencio empezaba a pesar, y mucho, amenazando con derribar la pequeña mesa del comedor, y entonces la señora Himmel lo atrapó con las manos y lo rompió, diciendo:

—Teníamos que buscarle una buena colocación. Y era una buena colocación, no nos juzgue mal. Ya no teníamos recursos para alimentarla. Y además era en Francia. Nosotros nacimos franceses. Teníamos diez años cuando nos convertimos en alemanes. Deberíamos habernos marchado, pero no sabíamos cómo hacerlo. Marcharse no es fácil. Sin embargo, no es que tuviéramos gran cosa que abandonar. Aparte de esta casa, que no vale nada pero que nos da cobijo. Después se volvió más complicado. Encontrábamos trabajo según la temporada y las necesidades de las fábricas de por aquí, teníamos nuestras costumbres y no éramos exigentes. Cuando llegó Lucie, ya habíamos cumplido los treinta años y nos dolía todo el cuerpo. Le hablábamos francés todo lo que podíamos. Esa lengua era lo único que poseíamos, aparte de la casa. La educamos lo mejor que supimos y, cuando oímos aquella historia de una colocación con una familia burguesa francesa, decidimos que sería lo mejor para ella. Fue mi marido quien la acompañó.

Lorenz prosiguió:

—Salimos de noche. No queríamos que los vecinos se enterasen. Nos habrían hecho preguntas al ver la maleta. Bordeamos la orilla del Bruche, un riachuelo al que íbamos a pescar de vez en cuando. Llegamos a Schirmeck cuando salía el sol. Habían sido seis horas de marcha. Lucie era valiente. Y seguimos así, durmiendo donde podíamos e intentando pasar desapercibidos para no meternos en líos. Caminábamos de día, evitando los pueblos, para estar más tranquilos. En total, cuatro días de marcha a través de los Vosgos hasta llegar a Saint-Dié. Hacía buen tiempo, dormíamos al aire libre, como cuando íbamos de excursión, alguna vez que teníamos tiempo, no muy a menudo. No la solté de la mano durante aquellos cuatro días. Recuerdo que, al cruzar la frontera, ella respiró a pleno pulmón y dijo: «No hay diferencia, huele igual». Habíamos atravesado el bosque para esquivar a los aduaneros, olía a pícea, a haya y a arce blanco. En el andén de la estación, pensé que no volvería a verla. Nos dijimos hasta pronto pero parecía un adiós para siempre. Ella olvidó volverse antes de subir al tren. Entendí que se había ido hacía mucho tiempo. Me quedé aliviado por Lucie. Triste por mí. Volví por el mismo camino, pero las estrellas brillaban menos. Y la casa, esta casa, estaba vacía.

La señora Himmel retomó la palabra para hablarme de las cartas que le escribían, de las que recibían. Siempre se ocuparon de que tuviera una buena ortografía. Para ellos, eso era lo importante: una buena ortografía francesa.

—Nos escribió contándonos que había conocido a ese chico. Émile. Enseguida vimos la cantidad de problemas que se nos venía encima. Él era demasiado bueno para nosotros. No teníamos medios. Sobre todo, nos daba miedo que la dejara embarazada. Le dijimos que tuviera cuidado, que no era un muchacho para ella, que iba a sufrir. Siempre son así nuestras historias, no tenemos derecho a enamorarnos de quien nos dé la gana. Nosotros nunca tuvimos dinero, pero sí la suerte de conocernos. Éramos de la misma clase social, fue fácil. Nuestra Lucie fue derecha a estrellarse contra un muro sin escucharnos. Empezaba a barruntarse la desgracia. Se lo escribimos. Incluso le aconsejamos que se fuera, que ya encontraría otra colocación. Se empeñó. Y al final acabó por volver.

»Una mañana, cuando bajamos del dormitorio, ahí estaba, sentada donde está usted ahora. No nos había avisado de su vuelta. Había cruzado los Vosgos a pie.

»¡Estaba muy mayor! No la habíamos visto desde hacía siete años, ¿se da usted cuenta? Era una señorita. Guapa. Con formas de mujer. Ya no era la niña que agarraba de la mano a su padre delante de la estación.

»Estaba en la casa, pero su corazón y su cabeza seguían allí. Nos dimos cuenta antes de terminar el primer café. Nos hablaba solo de Émile. Y la voz de Émile, y las manos de Émile, y las palabras de Émile, y los brazos de Émile, y la amabilidad de Émile. Nos iba a encantar, íbamos a adoptarlo, a quererlo, ella estaba segurísima.

»Salvo que no estaba con nosotros.

»Ella había perdido su empleo, la habían despedido, había vuelto sola. Y había cruzado una frontera.

Elsa y Lorenz creyeron que se le pasaría, que eran cosas de la edad, que con el tiempo entendería. Una semana después de su vuelta, depositaron un primer sobre en el buzón. Al caer sonó un la mayor. Venía de París. Observaron a Lucie mientras leía la carta. Adivinaron por su sonrisa quién era el autor. Veían en sus ojos la voz de Émile, y las manos de Émile, y las palabras de Émile, y los brazos de Émile, y la amabilidad de Émile. Sonreía como cuando era pequeña y Lorenz jugaba a caballito con ella sobre sus rodillas.

Al día siguiente llegó un segundo sobre. Y otro el día de después. Siempre en la mayor, las afinaba de maravilla, esas cartas suyas. La pareja empezaba a entender qué le veía Lucie.

Durante un mes, una carta al día. Una auténtica sinfonía. Y cuando no había nada en el buzón, estaban seguros de encontrar dos sobres al día siguiente. Pensaron que se cansaría, que se le acabaría la tinta, pero parecía que en París había como para soportar un asedio. Émile guardó aquel ritmo tres meses seguidos. Lucie tenía razón: empezaban a querer a Émile.

Una mañana: ninguna carta. Sin embargo, Lucie no perdió su buen humor. Al día siguiente el buzón seguía vacío.

Los padres Himmel estaban divididos entre la ansiedad y el alivio, preguntándose si era el fin de un amor imposible, si le había sucedido algo a Émile Joplain y por qué demonios Lucie no daba muestras de mayor angustia.

La respuesta a esas tres preguntas llamó a la puerta al amanecer del séptimo día. Un joven apareció en el umbral. Llevaba en sus brazos un acordeón del que se sirvió para tocar *Le temps des cerises*; quizá no fuera la canción más apropiada pero, como les confesaría después, era la única que se sabía entera. Lo hicieron pasar antes de que terminara la primera estrofa: los vecinos empezaban a asomarse a las ventanas.

Lo invitaron a sentarse (precisamente donde estaba sentado yo y donde se había sentado Lucie al llegar). El señor y la señora Himmel tuvieron que convenir que, efectivamente, la voz de Émile, y las manos de Émile, y las palabras de Émile, y los brazos de Émile y la amabilidad de Émile eran excepcionales.

Los Himmel y Émile compartieron su primer desayuno.

Por excelente persona que fuera, había que buscarle un sitio donde dormir. La casita solo disponía de dos dormitorios y, desde luego, no podían poner esos dos jóvenes cuerpos demasiado cerca el uno del otro. A dicha cuestión logística se añadía la de los vecinos. ¿Qué iban a pensar de la llegada de ese joven, cuya ropa, aunque estuviera arrugada tras varios días de caminata, revelaba un origen francés, incluso parisino? Y ni que decir tiene que la especie parisina no era la más extendida en Molsheim en la primavera de 1914.

Émile no se hizo el difícil, durmió encima de unas sillas después de alinearlas. Para dar tiempo a que los padres Himmel se quedaran dormidos. Para darles tiempo a que se despertaran. Entre ambos momentos, uno mucho más dulce que el de dormir sobre tres sillas alineadas.

Los Himmel no se dejaron engañar. Me lo dijeron o, mejor aún, me lo sugirieron. No era su estilo decir ese tipo de cosas.

No hace falta tener un sentido de la imaginación particularmente desarrollado para hacerse una idea de las noches felices que compartieron ahí Lucie y Émile.

No hacen falta muchos conocimientos de historia para entender que todo aquello era extremadamente provisional.

Con todo, no fue la guerra lo que separó a los

dos amantes. Joplain se encontraba en París en el momento de la movilización. ¿Y qué había ido a hacer a la capital cuando todo lo retenía en Alsacia, aunque fuera alemana?

Si el alineamiento de las tres sillas permitía mantener la ilusión en el seno del hogar, el vecindario estaba menos convencido. Se empezaba a rumorear, chismorrear, parlotear, cotorrear, cuchichear, chacharear, secretear y hasta criticar o señalar. Aunque los amantes intentaran ser discretos, la gente de Molsheim no tardó mucho en entender que había un joven en casa de los Himmel que manifiestamente no estaba unido a nadie, allí presente, por los sagrados lazos del matrimonio, y que, además, era extranjero. Un extranjero que se parecía bastante a la idea que podían hacerse de un ciudadano de un país enemigo.

A Émile no lo asustaba la situación, y vio en ello la ocasión de hacer acopio de algunas palabras alemanas nuevas.

Con todo, resultó evidente que, para la paz de Molsheim en general y de los Himmel en particular, Émile debía cruzar los Vosgos de este a oeste, coger el primer tren para París y pedir a sus padres autorización para casarse con una alemana de origen humilde. Émile, ciertamente, no tenía miedo, pero debía confesar que había vivido momentos más agradables, en particular la noche precedente, cuando, sin hacerlo adrede, subió de puntillas la escalera y, siempre sin hacerlo adrede, se metió en la cama de Lucie, con quien, inadvertidamente, hizo el amor.

Abrazó a sus futuros suegros, les deseó un maravilloso comienzo de verano y les prometió volver muy pronto con una buena noticia y un anillo.

Fue la última vez que lo vieron.

14

Escuché sin pronunciar una palabra. Hay circunstancias en que uno tiene la sensación de que la menor palabra puede detener el flujo del relato.

La guerra estalló menos de un mes después de que Émile se fuera.

Aunque solo durara unas semanas, existía la posibilidad de no volver. Lucie, que, incluso en los momentos más difíciles, había dado muestras de valor y nunca había dejado de sonreír, cayó en un estado de profunda angustia. Una arruga vertical surcó su frente. Su Émile, en la guerra. No estaba hecho para eso, era un romántico, no un guerrero. Necesitaba lápices, papel, una pluma. ¿Qué iba a hacer en semejante infierno? Ya había bastantes brazos en Francia. Ella todavía tenía esperanzas de que pudiera librarse, de que pudiera, por qué no, entrar a trabajar en Bugatti, que tenía la fábrica en Molsheim, habría estado muy bien allí.

Unos días antes de la movilización, Émile le escribió para tranquilizarla, para decirle que no corría ningún peligro, que el ejército francés era muy superior al de los prusianos, que le mandaría una carta desde Berlín antes de Todos los Santos, que la amaba, y que estaba deseando reunirse con ella, que su madre acabaría por entender, que se irían los dos a América.

¿A América?

Sí, a América.

El señor y la señora Himmel no pusieron muy buena cara al enterarse de aquello cuando, aprovechando que su hija había ido a hacer un recado al centro, abrieron una carta que no les estaba dirigida. La última que ella recibió, junto con una foto de Émile en uniforme.

Yo esperaba encontrar ahí cartas enviadas desde el frente. Si Joplain escribía día y noche, como contaban sus camaradas, y puesto que estaba claro que su madre no era la destinataria, las cartas tenían que llegar, forzosamente, a manos de Lucie. Había olvidado un detalle en el que, sin embargo, llevaba inmerso más de diez años: la guerra.

Como hemos visto, entre los cientos de cartas escritas a partir del mes de agosto de 1914 por Émile Joplain a Lucie Himmel, ni una sola llegó a Molsheim. Todas aquellas palabras de amor nunca alcanzaron el corazón del ser amado. No obstante, tenía la confirmación aportada por Moriceau y Létoile: los enamorados sí tenían previsto cruzar el Atlántico. Y, si no juzgaron útil avisar a nadie, era porque la madre Joplain no era nada favorable a acompañar a su hijo al altar.

El resto de la historia cabe en unas pocas frases: el pesar y la inquietud se apoderaron de Lucie, quien se encerró en un silencio que nada ni nadie parecía poder romper. Su arruga se hizo más profunda, su cabello se volvió gris, la luz de sus ojos adquirió un tinte ceniciento, perdió el apetito, la sonrisa y, a medida que la guerra se eternizaba, también perdió una parte de sí misma.

No se puede decir que se viviera especialmente bien en la región. Las campanas acababan en las fundiciones, las guarniciones desfilaban. Faltaba de todo. Y, encima, los alemanes se volvieron desconfiados. Muchos alsacianos desertaron para incorporarse a las filas enemigas. Había que desconfiar de ese pueblo insuficientemente germanizado. En Rosheim, la fábrica textil que empleaba a Lorenz Himmel, demasiado viejo para ir a la guerra, se transformó en fábrica de municiones. Siguió yendo. ¿Qué otra cosa podía hacer? Trabajaba más despacio, sin aplicarse. Aguantó un mes. La idea de que una de sus municiones atravesara el cuerpo de Émile se volvió insoportable, así que dejó su puesto de trabajo y volvió a ponerse al servicio de los productores agrícolas para quienes se estuvo deslomando en otro tiempo. Era más duro, era al aire libre. Pero estaba lejos de la ciudad y sus rumores.

Llegó un otoño triste. Lentamente seguido por un invierno gris, una primavera deprimente y un verano lúgubre. Un año muerto, un año para nada. Lucie no sabía si Émile estaba vivo o muerto. Era el año 1915.

Acabó por decir a sus padres que se iba a París a ver a la señora Joplain. Solo tenía una pregunta que hacerle: ¿seguía Émile en este mundo?

No volvería hasta que lo viera de nuevo. Se fue de noche por el camino de los Vosgos, negándose a que su padre la acompañara. Había que ser discretos. Muy discretos. No volvió jamás.

15

Los Himmel me invitaron a pasar la noche en su casa. Era tarde, estaban cansados. Demasiado cansados para darse cuenta de que no habíamos cenado.

Habían conservado el cuarto de Lucie. Diez años, desde que se había ido. Un pequeño armario, una cama, una mesa de estudio y una silla. Me sentí como un intruso, no sabía si sería capaz de tumbarme en esas sábanas. Me imaginé la espera de la joven, el momento en que veía entrar a su amante en el dormitorio y sentía su peso hundiendo ligeramente el colchón cuando se acostaba a su lado. La ventana solo dejaba pasar un débil reflejo de la luna.

Me detuve ante el armario, dudé si abrirlo o no. Sin embargo, estaba ahí por eso. Para rebuscar. Rebuscaba en los recuerdos, rebuscaba en los secretos y en las mentiras. Así que abrí el armario con la esperanza de encontrar una pista, un diario íntimo, una carta, una postal o yo qué sé. Solo había tres vestidos, colgados unos junto a otros. Vestidos de tela gruesa, muy remendados. Y un par de zapatos ordinarios. Estaba enojado, como si esperara haber encontrado un vestido de novia.

Volví a pensar en la carta que me había escrito Anna cuando marché al frente. No pudimos casarnos antes de la guerra y, peor aún, nos casamos por poderes en 1916. Ella me escribió que ese día se puso el vestido más bonito que tenía y una flor en el pelo. Era la época en que conducía por la Voie Sacrée. Imposible ausentarme. Cumplía con mi deber.

Era lo que yo creía. Por supuesto, era útil. No lo dudé un segundo. Pero eso no era óbice para volver cuando tenía derecho a ello. Cuando Anna me necesitaba. No solo me necesitaba Francia, ese hermoso país por el que caíamos como moscas. La verdad es que no podría haber vuelto porque tenía miedo a enfrentarme al mundo, porque aprendimos a mentirnos, a creer que era justo que estuviéramos allí y morir para salvar a la patria.

Pasé cuatro años sin ver a mi Anna.

Cuatro años.

Cuatro años.

A mi regreso reinaba la euforia en la ciudad. Llegué a casa. El corazón me iba a cien por hora. Entré en la cocina. Creo que oyó el ruido de mi corazón. Salió a mi encuentro. Estaba frente a mí. Había cambiado. Estaba más delgada. Tenía los ojos brillantes. Lloraba. Retorcía nerviosa el dobladillo de su delantal. Movía los labios. Apenas. Las palabras no salían de su boca. No tenía buena cara. Era hermosa. La seguía echando de menos. Estaba ahí y la echaba de menos porque la había echado demasiado de menos. Tanto que lloraba a pleno día, tanto que tenía miedo de volver a verla. Y ahí estaba yo, con un cacho de brazo de menos y la cabeza llena de horrores, y no sabía qué decirle. Entonces le dije hola. Ella me respondió hola.

Y sonreímos y lloramos.

Y ganó la sonrisa.

Me miró el brazo y me dijo que me prefería así, que ahora podía decírmelo, nunca le gustó mi brazo izquierdo. Pero nada de nada. Fue un alivio para ella enterarse de que se lo había regalado a los alemanes. Y luego añadió que era la primera vez que tocaba a su marido, que la última vez que nos habíamos visto solo éramos novios.

Años después, en ese pequeño cuarto alsaciano, volví a llorar. Cuatro años. Sin Anna. Para nada. En un instante, todos los permisos rechazados por mí desfilaron ante mis ojos. La voz del médico diciéndome con todo el tacto posible que me repondría de aquella amputación, que aprendería a vivir de otra manera y que podría volver a casa unos días. Y yo. No. Volver a casa. Imposible. Mi sitio está aquí.

Mi

Sitio

Está

Aquí.

Mi sitio de mierda está aquí.

Cuatro años. Cuatro años con miedo a volver. Y Anna que me estrecha en sus brazos sin ningún reproche. Bien vio que los vecinos volvían de permiso. Una semana de amor, una semana de ayuda, una semana robada a la guerra. Y yo, nunca.

Nunca lo hablamos.

Nunca me lo reprochó.

Nunca me lo perdoné.

Al día siguiente me fui a pie a Estrasburgo. Cinco horas. Lorenz y Elsa insistieron en acompañarme, en buscarme un medio de transporte. Me negué. Andar durante horas era lo único que me calmaba cuando volvían las angustias, cuando la culpabilidad se tornaba demasiado grande o cuando mis investigaciones patinaban.

Los primeros meses de la guerra, el Estado Mayor estaba convencido de que el secreto era ese: la marcha. Durante decenas, centenares de kilómetros. Con calor, bajo la lluvia, en medio del viento o entre la nieve. Largas filas indias de ciudadanos decididos, luego largas filas indias de *poilus* resignados. Había trenes, caballos, carretas, coches. El *poilu* caminaba, bajo el peso de sus bártulos.

Una pausa. Y volvíamos a cargar con los petates. Diez kilómetros, veinte, cuarenta. Nos ardían los pies, se nos caían los hombros. Y volvíamos a cargar con los petates.

Murmurando y cantando. Llorando y rezando.

En las trincheras, en esas tripas, volvíamos a cargar con nuestros petates. Somme, Artois, Marne, Verdún. Arrancábamos, avanzábamos. Obedecíamos. Delante de nosotros, petates; detrás de nosotros, más petates. Coches, camiones, ante los que nos apartábamos. Despejábamos la carretera, poniéndonos en las cunetas, subiéndonos a los parapetos. Aprovechábamos para sentarnos un minuto o dos. Cuando llovía no nos atrevíamos, al menos al principio no. Al final nos daba igual, y volvíamos a cargar con los petates. Barro o no barro, lluvia o no lluvia, había que avanzar.

Nos contábamos nuestras historias de amor. Los que no tenían se las inventaban. Los que ya no tenían las recordaban. Los que habían tenido mala suerte las embellecían. Sirven para eso, las historias, para hacer la vida mejor. Teníamos los pies arrugados de tanto andar, así que nos prohibíamos tener el corazón arrugado. No podíamos añadir lágrimas a la lluvia, nos habríamos hundido. Y teníamos que avanzar. Volvíamos a cargar con los petates, que llenábamos de historias de amor de cada uno de nosotros, seguros de que un día nos servirían. Resultaba fácil ser generoso. Y para eso, de todos, el mejor, según decían quienes se habían cruzado con él, era Joplain. Su historia superaba a las demás. Macaret, Létoile, Moriceau, todos la recordaban con chiribitas en los ojos.

16

A mi vuelta, cuando pensaba que había dado un gran salto en la investigación, me estrellé contra un muro. Ningún rastro del destino de Émile. Ninguna fuente de información sobre Lucie. Ninguna respuesta a mis cartas.

Parecían haberse volatilizado.

El año 1926 pasó a toda velocidad.

Aún me parece estar viendo a Davisse acogiéndome una noche de diciembre y declarándome: «Población francesa: 40.743.851 personas». Llevaba esperando impaciente el resultado desde el censo de marzo. Entretanto, abrimos una botella para celebrar el Nobel de la Paz concedido a Briand y Stresemann, que obraban a favor de un acercamiento entre Francia y Alemania, justo diez años después de Verdún. Fue el año del famoso vestido negro de Coco Chanel. Davisse y yo nunca entendimos a qué venía tanto alboroto por un vestido. Y también estaba Joséphine Baker, de quien hablaba todo el mundo. Davisse intentó llevarme al Folies-Bergère para asistir a su famosa revista. Me decía que me sentaría bien ver otra cosa aparte de la guerra. Mientras yo permanecía atascado en esos años malditos, mi amigo aprovechaba lo que le ofrecía la paz.

También fue en 1926 cuando el Tribunal Supremo rechazó por segunda vez el dosier de rehabilitación de los caporales de Souain. Si Blanche Maupas se quedó destrozada en un primer momento, luego se repuso enseguida y creó un comité de apoyo a la rehabilitación de las víctimas de guerra. Su valor y su abnegación me empujaron a redoblar mis esfuerzos en el caso Joplain.

No conseguí llenar por completo las lagunas en la historia de Émile. Subsistían ciertas circunstancias azarosas, sinuosas, que me costaba esclarecer.

En cuanto a la madre Joplain, se aferraba a sus mentiras y me decía que no me pagaba para seguir la pista de Lucie Himmel. No fue más que un amorío de juventud, un error lamentable; no se podía sacar nada de esa historia, era inútil perder mi tiempo y su dinero, ella lo que quería era encontrar a su hijo. ¿América? Nunca había oído hablar de América. Cristóbal Colón, todo eso, sí, podía ser, pero nada que tuviera que ver con su hijo.

No insistí. Después de todo, me pagaba bastante bien y estaba más enganchado al caso de lo que me podría haber imaginado.

Fui a contarle mi viaje alsaciano a Davisse. Su despacho estaba vacío. Sin embargo, lo oía cantar. Al principio, como a lo lejos; luego, a medida que me acercaba a su armario archivador, con más claridad.

Adiós a la vida, adiós al amor,
adiós a todas las mujeres.
Ya se acabó, es para siempre,
por esta infame guerra.

Carraspeé para avisar de mi presencia. Davisse se cayó del armario al que estaba encaramado, sonrojándose ante la idea de que hubiera podido oírlo cantar. Mientras recobraba la compostura, me anunció:

—Número de títulos sucesivos de *La canción de Craonne*: tres. Los otros dos son: *Canción de Lorette* y *Canción de soldado.*

Dejó pasar unos segundos, siguió ruborizándose y añadió:

—Preferiría que este momento quedara entre nosotros. No debería cantar aquí. Y menos aún canciones antimilitaristas.

Me divertía la turbación de mi amigo. Me contó que fue a un café donde habían hecho la adquisición de una radio. Inmediatamente después de los programas, unos antiguos soldados se pusieron a cantar. *La Madelon*, *Rosalie* y, la que no podía faltar, *La canción de Craonne*.

A continuación, me dio un trozo de papel:

—Toma. De hecho, he estado trabajando para ti. Entre los antiguos soldados había un tal Henri Bourdon. Figúrate que conoció a Joplain. Hicieron parte del camino juntos después de salir del hospital.

Di un abrazo a mi amigo y corrí a la dirección indicada en una página arrancada de un periódico.

No estaba muy lejos de París. Menos de dos horas después, ya me encontraba allí.

Me abrió la puerta una mujer, con un hombre a sus espaldas. Ella le sacaba una cabeza y me preguntó si era amigo de Henri. Dije que en cierta manera así era. Se marchó discretamente, con el pretexto de que tenía que hacer unas compras.

El hombre era bajito, tosco, y llevaba apretada entre los labios una colilla apagada. Me hizo pasar, a la vez que me preguntaba si había ido a venderle algo.

No recordaba su encuentro con Davisse.

—*¿Sab'usté?*, por la noche no ando *mu* sobrio que digamos. La única cosa buena que me traje de la guerra es mi gusto por el tintorro. ¡*D'eso* había *pa* dar y vender! ¡Pero solo bebo de noche!

Esbozó una sonrisa extraña y, he de confesarlo, bastante estúpida. Nos sirvió dos grandes vasos de vino.

Cuando le hice ver que aún no era de noche, cerró las contraventanas de la sala murmurando que había topado con uno que *paicía* tener principios pero que *asín* diríamos que ya era de noche.

Más tranquilo, se sentó en un sillón frente a mí.

—Su Joplain, *m'acuerdo mu* bien porque me lo encontré una mañana. Un día de 1917. Salía entonces *mesmo* del hospital y los dos teníamos que unirnos a una compañía en Arras, en Pas-de-Calais. Hasta me contó la historia de su novia, que iba a *llevala pa* las Américas.

»Era un romanticón. No gastaba bromas con esas cosas. Los demás no éramos *mu espabilaos*. Nos pitorreábamos. Y cuando nos tocaba retaguardia, bien que les echábamos un ojo a las mozas. Sin hacer nada malo, ¿eh?, que tampoco éramos unos brutos. Bueno, *usté* ya sabe a lo que me refiero.

»Y, además, hay que entendernos, no es que viéramos muchas mujeres en el frente. Y cuando las veíamos quería decir que estábamos *pal* arrastre. Eran las enfermeras. No es sitio *pa* mujeres, el frente. Ni siquiera es *pa* los hombres... No es *pa* nadie, *na* más *pa* los *soldaos* que no *tien* otra *qu'estar* ahí.

»Los animales son menos burros que nosotros, ni se asoman. A veces nos tropezábamos con la carcasa de un penco o de una acémila que habían *llevao* ahí a la fuerza. O, cuando cruzábamos por un pueblo, nos topábamos con carroña de bovinos que se habían *quedao* ahí *atrapaos*. Es un sitio del diablo. Él fue quien nos mandó *p'allá*.

»Bombas, frío, ratas, piojos. No quiero que mi Georgette esté al corriente de *to* eso. Cuando volví, no le dije ni mu. Bueno, casi *na*. Las lágrimas no se *puen* contar. *D'esas* cosas mejor no acordarse.

»Mi Georgette se empeña en que se lo cuente, me dice que se lo *puo* contar todo. Pero yo sé que no hay que hacerlo. No quiero meterle todas esas pesadillas en la mollera, las imágenes de la carroña. Seguro que se le apagaría esa luz que *tie* en los ojos. Cuando la conocí, creía que se estaba riendo de mí *to'l* tiempo. Andaba buscándome las cosquillas *to'l* rato. A veces se pasaba y *to*. Y luego, un día, no sé cómo fue, le cambió la luz de los ojos. Ahí me llegó al corazón. No se piense, también me gustaba que me tomara un poco el pelo, la Georgette, eso quería decir que yo le gustaba. La Georgette no era como las demás, ya cuando la conocí. Creo que a algunos les *paicía* rara. Decían que tenía animales invisibles a su alrededor y que les hablaba. *Pos* le voy a confiar un secreto: me dio uno, *pa* que me protegiera de los obuses y las balas. Pasífae, lo llamó, porque según ella era inmortal y mago y no sé qué más. Era algo de la *mitiología*. La Georgette leía mucha *mitiología* griega, las historias del Ulises, del Aquiles y de toda esa pandilla que quiso atacar Troya por un asunto de faldas con una mujer que se llamaba Penélope. Ah, no, perdón, la Penélope era la del Ulises que no paraba de hacer punto hasta que le volviera el marido. La de Troya era la Elena, que se había *largao* con un hombre que no era el suyo. *Pos* ya ve, el Pasífae se portó, porque volví. Me dijo que en realidad era nombre de chica, pero que tenía que ser *asín* y *riau*, que lo llamara Pasi si me *paicía* mejor. Decía que era una especie de pingüino de aletas blancas que garabateaba en las paredes. No sé de dónde se saca *to* eso. *Pa* mí que no es *mu mitiológico* que digamos.

De repente bajó la voz como si le molestara o le diera miedo lo que estaba contando.

—Una vez me quedé en un *bujero* de obús durante tres días. Tres días y tres noches. *Na* más había agua estancada con fiambres nadando dentro. No tenía nada *pa* comer, claro. Y llovían bombas. Y el ratatatatá de las ametralladoras que me perforaba los tímpanos. *Na* que hacer, no podía salir de allí. Iba a morir de hambre y de sed. El segundo día hablé con Pasi *pa* matar el tiempo. No podía contestarme, pero me tranquilizaba saber *qu'estaba* ahí. La segunda noche le hablé de Georgette. Le expliqué que, si no salía de aquel maldito *bujero*, tenía que ir a decirle lo importante que había sido ella *pa* mí. Conocía a un oficial que antes de cargar decía: «¡Amigos míos, ha sido un honor combatir a vuestro lado!». *Pos* yo quería que mi Georgette supiera que *pa* mí había sido un honor dormirme sobre su pecho. Quería decirle que tenía las tetas más hermosas del mundo y que la última cosa en la que pensaría antes de diñarla sería el olor de su piel y la luz de sus ojos. ¿Ha visto *usté* qué ojos? Al principio no sabía si los tenía bonitos o no, pero sabía que me gustaban. Y luego Pasífae se fue. La noche del tercer día.

Se acercó a mi oído. Sentí en el cuello el aliento de su voz emocionada.

—Por la noche, no sé cómo lo hizo, pero Pasífae me trajo a la Hija de la Luna. Se lo juro por estas. Sabíamos que rondaba por ahí. Llevábamos semanas acechándola. Bailaba entre los fiambres, dando saltitos. Pero ahí no hizo *na d'eso*. O no la vi porque estaba *mu* débil. Solo me dio una cantimplora de agua y un cacho de pan. Y desapareció. Los compañeros nunca se lo creyeron, así que dejé de contar la historia. Si le cuento todos los horrores que vi a mi Georgette, tengo miedo de que no vuelva a ver a sus animales imaginarios. Y eso apagaría la luz de sus ojos. Y, sin esa luz, yo estaría perdido.

La historia de la Hija de la Luna empezaba a obsesionarme. Tenía la sensación de que me acompañaba a todas partes desde hacía semanas. Pensaba que estaba solucionado gracias a *El fuego* de Barbusse. Pero el libro se escribió en 1916 y la historia que me había contado Bourdon databa de 1917. Si bien tenía dudas acerca del animal imaginario que supuestamente había partido en busca de ayuda entre nuestras líneas, estaba seguro de que no se confundía en cuanto a la cronología. El tipo tenía la cabeza en su sitio.

En el libro, la famosa Eudoxie Dumail muere. Su cuerpo momificado en el barro cae en brazos del hombre que la amaba en secreto. Uno de esos azares macabros de los cuales solo la guerra tiene el secreto. Si Eudoxie Dumail murió antes de que Barbusse publicara *El fuego*, es que no era la misma que dio el pan y el agua a Bourdon.

17

Encontré, pues, su rastro en Pas-de-Calais. Bourdon lo vio por última vez en Arras en el momento en que abandonó la compañía.

—Llamaron a Joplain. Quién lo llamó y por qué... Eso, ni idea. Lo que sí puedo decirle es que era marzo del 17.

Gracias por la información.

Según parece, sus vagos conocimientos de alemán le permitieron hacer operaciones de reconocimiento para el ejército canadiense.

Seguir la pista de Joplain en las filas de un ejército extranjero fue especialmente arduo. Según diversos testimonios, se incorporó a una compañía destacada en Arras. Dicha compañía participó en varios asaltos fallidos a la cresta de Vimy. Era uno de los puntos fuertes de la defensa alemana. Franceses y británicos se habían dejado ya allí cerca de ciento cincuenta mil hombres en dos años. Así que, cuando llegaron los canadienses, nadie creía que pudiera lograrse. Sin contar con que los alemanes habían fortificado considerablemente su posición. Y, sin embargo, cuatro divisiones canadienses se instalaron allí. Ochenta mil hombres listos para el asalto.

A la cabeza, un tal Julian Byng. Los soldados con los que me tropecé hablaban de él con una admiración desmesurada. Al contrario de lo que habían hecho franceses y británicos, quiso organizar el asalto en varias oleadas. Para ello, necesitaba responsabilizar al máximo a sus tropas. Quería que cada uno de sus componentes controlara lo más posible la geografía del lugar: los soldados y la artillería. Mandó perforar túneles, distribuyó a los tiradores de élite, se ocupó de que todos conocieran a la perfección su propia misión.

Su idea era lanzar un ataque frontal al «montículo de la muerte» en unos pocos días y, sobre todo, no volver a caer en los errores del Somme y atascarse en una batalla interminable.

En la vida de un soldado no se encuentra un jefe así todos los días. Fuimos tantas veces carne de cañón que, cuando oí hablar de Byng, me dije que habrían hecho falta más como él. Habríamos ganado tiempo y vidas.

Fue precisamente toda aquella organización táctica lo que condujo a nuestro Joplain a Vimy: había que reconocer el terreno, transmitir informaciones, vigilar, espiar, escuchar y, por qué no, hacer algún prisionero al que poder someter a interrogatorio. Y los que mejor conocían el lugar eran los franceses.

Ahora bien, los soldados franceses acampados cerca de Arras empezaban a estar hasta las narices de servir de pasatiempo a las ametralladoras teutonas. El tono empezaba a subir, la gente se preguntaba si no habría que largarse de esa locura de ejército. Se hablaba de motín, se hablaba de volver a casa, se hablaba de deserción.

Joplain no conocía especialmente la zona de combate. Pero eso no le impidió presentarse voluntario. Sin duda hizo valer su experiencia de Verdún y sus conocimientos de alemán.

Y ahí es donde se complica la cosa: aunque pude encontrar su rastro en la compañía francesa, me faltaban elementos importantes. La correspondencia con Canadá era larga y fastidiosa. Debí de enviar más de un centenar de cartas a los Estados Mayores, a las asociaciones de excombatientes, a los ayuntamientos, a todas partes. La mayoría de las respuestas no me aportaron datos nuevos. Sin embargo, recibí una de un tal Johnny Cook que había combatido en la Fuerza Expedicionaria Canadiense.

En su carta me contaba que Joplain fue enviado a una misión de reconocimiento con un amerindio. Nunca me tropecé con ninguno en la guerra. Pero se hablaba mucho de ellos.

La llegada de los indios de América impactó en la mente de la gente. Un extraño rumor recorrió las trincheras. Los indios de América. Se hablaba de un misterioso pueblo medio salvaje. No los conocíamos. La única vez que se vio a alguno fue en la exposición de 1892 en el Jardín de Aclimatación, en París: treinta y dos amerindios, encerrados en jaulas, suscitaron la curiosidad de los visitantes ávidos de exotismo.

En el frente era otra cosa. Les tenían miedo. Sobre todo, los alemanes. En especial a causa de la precisión de sus francotiradores. Se escondían en sus nidos. No se los veía, no se los oía. Y daban en el blanco. Se contaban historias increíbles. Me acuerdo, en concreto, de la de un tal Thomas Longboat, un iroqués corredor de fondo al que alcanzaron veinticuatro balas y siguió corriendo prácticamente como si nada. Parece que incluso lo dieron por muerto en dos ocasiones. Pero daba igual, se levantaba y volvía a la carrera.

Forzosamente, esas historias circulaban por las trincheras. Nos sentaba bien enterarnos de que había invencibles en nuestras filas. No solo la Hija de la Luna se paseaba con esa inconsciencia en medio de las balas.

Se decía que se oían los tamtams, unos cantos extraños que venían de las entrañas de la Tierra. Se los había visto bailar en círculo. Como los niños. Niños adultos, niños salvajes de mirada de fuego. Se decía que eran los mejores guerreros, los mejores corredores, los mejores jinetes, los mejores tiradores. Y por la noche, cuando la luna iluminaba el *no man's land*, se distinguían sus siluetas bailando para ella. Con esos prolongados murmullos y esas voces graves y roncas. Se contaba que, cuando morían, sus espíritus se arremolinaban antes de retornar y reencarnarse para volver al combate.

Hablaban lenguas increíbles, de sonidos que nunca se habían oído y que, según se decía, nadie podía reproducir. Lenguas que nadie era capaz de traducir. Ni siquiera los canadienses o los norteamericanos.

Los alemanes, menos aún.

Esos indios eran *code talkers*, perfectos portadores de mensajes incomprensibles para los no iniciados. Llevábamos tres años instalando líneas telefónicas entre las trincheras y las informaciones eran interceptadas. Y, de repente, milagro. Bastaba con servirse de los conocimientos de los indios de América. Los mismos que no tenían derecho a usar sus lenguas en su país, los mismos que ni siquiera eran considerados ciudadanos de primera.

Una vez más, pues, Joplain se encontraba junto a las líneas enemigas. Su misión, la de su amigo amerindio y la suya propia, era observar, localizar las piezas de artillería, intentar sorprender conversaciones, anotar todo lo que veían y comunicar su informe a la mayor brevedad, gracias a un aparato equipado con una línea telefónica. Entonces entraban en acción los *code talkers*. Sus datos eran anotados y comparados con las fotografías aéreas.

Según Cook, Joplain no participó directamente en la batalla, solo llevó a cabo misiones de reconocimiento del terreno. La última vez que lo vio fue la víspera del combate, el 8 de abril de 1917. Joplain estaba muy nervioso. Había otro hombre con él, un hombre con un acento extraño. Y, según los rumores, se disponían a desertar para ir a reunirse con una mujer, una alemana que trabajaba en el fuerte de Vimy.

Una mujer. Evidentemente. ¿Lucie? ¿Era posible que hubiera llegado hasta allí?

18

Volví a ver a Davisse para hacerlo partícipe de mis recientes descubrimientos.

Salió del registro, en cuyo interior había penetrado gracias a no sé qué milagro morfológico. Se sacudió las hombreras de la chaqueta, se calzó los quevedos y se me quedó mirando con una amplia sonrisa.

—Número de días sin verte: cinco. Número de noches brindando a la gloria de Francia con soldados del 14: cuatro. Número de horas de sueño: quince. Número de litros bebidos: veintiuno. Viva Francia. Número de personas que se cruzaron con la Hija de la Luna: una. Viva la República.

Davisse me agarró del codo, algo que no había hecho nunca hasta entonces, y atravesamos París. De camino, me explicó que su testigo, un tal Jean La None, no tenía la cabeza muy en su sitio. Había estado en la batalla de Artois y se dejó allí algunas facultades mentales. Con todo, su historia merecía la pena. Nos encontramos con él en uno de esos lugares que frecuentaban los antiguos soldados de la última de las últimas.

Me señaló un rostro cansado bajo un sombrero demasiado pequeño. Frente a él acababa de quedar libre un sitio, añadimos una silla. No pareció reconocer a Raymond, que no se ofuscó por ello. Estaba acostumbrado: aparte de mí, nadie lo reconocía jamás. Se volvió hacia el dueño del bar y le hizo una seña para que nos trajera tres vasos.

Le pregunté si había oído hablar de la Hija de la Luna. Se bebió el vaso de un trago.

Sus ojos se iluminaron.

—Pues claro que he oído hablar de ella. ¡Qué pregunta! Todo el mundo conoce a la Hija de la Luna. Salvo que yo sé cosas sobre ella.

Me di cuenta de que no haría falta mucho para tirarle de la lengua. Pero, por seguridad, pedí al patrón que sirviera una segunda ronda. La None me dio las gracias asintiendo con la barbilla, esperó a que llegara la copa, la cogió entre los dedos.

—Fue con los cinco bigotes.

El relato se presentaba bajo los auspicios más sorprendentes. Raymond, que se fijó en mi asombro, se encogió de hombros, como queriendo decirme que ya me había avisado de que el personaje era un bicho raro. Para asegurarme de no perder el hilo, le pedí que me precisara un poco la historia esa de los cinco bigotes.

—Los llamaban así porque eran bigotes. No me acuerdo de sus verdaderos nombres. Puede que uno se llamara Arthur.

—Perdón, ¿dice usted que eran... bigotes?

—Sí, bigotes. Sin los hombres. Es raro, pero a veces pasa.

—Disculpe, ¿acaso insinúa usted que unos bigotes se paseaban así, sin cara ni cuerpo ni nada?

—Eso es, solo bigotes.

Se calló. Perdió ese aire un poco excéntrico. Sus ojos brillaban ahora con una luz enloquecida. Comprendí que no se dejaría interrumpir de nuevo.

—Era la guerra. Un caos de mil demonios. ¡No íbamos a pararnos cada vez que aparecía algo raro! Había de todo en las trincheras: cuerpos sin cabeza, bocas sin persona, pedazos de jamelgos, cachos de hombres, y mejor no sigo. Un horror.

Dejó pasar unos segundos, clavando su mirada en la mía. Su voz era ronca y se oía el silbido de su respiración.

—Algunos decían que eran automutilados. No se hablaba mucho de eso. No estaba bien visto. Los oficiales lo verificaban todo. Los médicos habían recibido, incluso, listas de cosas que tenían que verificar bien. Rastros de pólvora, por ejemplo.

Davisse, que no había captado la transformación de nuestro interlocutor, le pidió que precisara. La None pegó una palmada en la mesa y siguió hablando:

—¡Cuando los alemanes te meten una bala en las tripas, no queda rastro de pólvora! Chorrea la sangre y ya está. Pero si hay rastro de pólvora... es que se ha disparado la bala de muy cerca. ¡Qué astutos, los oficiales! ¡Muy espabilados, ellos! Pues bien, los cinco bigotes, se decía que eran automutilados reincidentes. Que para volver a casa empezaron por amputarse una mano. Y como los enviaron de nuevo al frente, se cortaron un pie. Lo mismo, en cuanto cicatrizó: de vuelta al frente. Y el segundo pie seccionado, y el brazo, y la segunda mano, y los hombros, y el tronco. Al final no quedaba nada que cortar: solo quedaban los bigotes. Pues bien, hasta los bigotes tenían que volver al frente. Siempre, siempre, siempre, siempre, siempre. ¡Había que seguir combatiendo, si no, se perdería la guerra! ¡Unos listillos, los oficiales!

Yo miraba a mi camarada Raymond, que miraba una mosca, la cual, a su vez, parecía incómoda con la conversación. Jean La None era simpático, no lo niego, pero no era la fuente de información más fiable del mundo. Ni de aquel bar. Raymond se permitió invitarlo a que prosiguiera:

—Estaba hablándonos de los cinco bigotes...

—Sí, perdón. Pues bien, aquellos cinco bigotes estaban siempre juntos. Compañeros en los días malos como en los buenos, aunque, en realidad, muchos de esos no es que hubiera.

—¿Y?

—Nada. Era la guerra. Tiros por todas partes. Dicen que tengo la cabeza en las nubes, pero allí la tenía metida en el barro. No había motivo para levantarla hasta las nubes. No había nada que ver ahí arriba. Demasiado humo, gas, polvo. Y los fantasmas de los soldados que se apresuraban a dejar ese infierno. Nunca me han gustado los fantasmas, nunca he tenido prisa por juntarme con ellos. Puedo decirle que si en el frente no veíamos las estrellas era porque había demasiadas ánimas de los soldados entre ellas y nosotros.

—Entonces, ¿no vio nada?

—No.

—¿Y a la Hija de la Luna?

—Ah, sí, perdón, se me olvidaba.

Se quedó en silencio. Pedí otra ronda, cuyo efecto fue reanimar la historia.

—La vieron los cinco bigotes. A la Hija de la Luna. Existía de verdad. Pero no venía para robar a los moribundos o para escuchar sus últimas palabras. Iba buscando a su novio. Cuando se inclinaba hacia los soldados que estaban tirados en el suelo era para preguntarles si lo habían visto. Me dijeron que estaba algo loca. Era como si sus ojos despidieran luz. Estaba ahí, rampaba entre los cuerpos, pasaba de uno a otro, murmuraba unos sonidos. Los cinco bigotes se acercaron para escuchar sus palabras. Al principio pensaban que solo había consonantes, pero era imposible, o, si no, era polaca, parece que allí casi no usan vocales, dicen que no valen para nada o no sé qué. Pero no, no era polaca en absoluto, hablaba bien francés, con un acento quebrado. Enseñaba una foto de su novio. Decía: «¿Lo conoces? Es apuesto como un príncipe y habla como un poeta». Y eso era todo. Después se reanudaron los bombardeos y desapareció. Por un momento pensaron que estaba muerta. Había un enorme cráter causado por un obús caído en el sitio mismo donde se encontraba ella. Tres noches después reapareció. Se diría que era más fuerte que los obuses.

Me quedé petrificado.

Lucie Himmel sería la Hija de la Luna. En todo caso, era una opción que parecía cada vez más sólida.

Por mucho que La None envolviera su historia en una bruma de elucubraciones particularmente opaca, lo cierto es que me proporcionaba la clave del enigma.

Estaba frente a mí, agarrando bien fuerte el vaso de vino con la mano derecha, sin duda por miedo a que se lo robaran. A pesar de eso, no parecía borracho. Se calentaba, aporreaba nervioso la mesa con los dedos. Yo guardaba silencio mientras él murmuraba como para sí:

—Ah, los cinco bigotes, me pregunto qué habrá sido de ellos... Quién sabe, puede que hayan vuelto a casa.

Le di las gracias y salí de allí. Davisse quería

quedarse un poco más. Le gustaban las historias de bigotes, sobre todo desde que se afeitó el suyo.

—Dice usted que eran cinco, qué interesante.

Hacía un frío polar en la calle. No había nadie. Intenté poner mis ideas en orden.

19

Lucie Himmel habría recorrido toda Francia para encontrar a su Émile.

Mientras cruzaba París para volver a casa, me di cuenta de que no solo era el frío lo que me encogía el corazón. Esa culpabilidad que no me dejaba en paz desde mi retorno de la guerra se había reavivado esa noche.

Me culpabilicé por haber abandonado el frente a causa de mi herida. Y me culpabilicé por no haber vuelto junto a mi Anna cuando pude hacerlo. En el fondo de mí mismo estaba convencido, incluso, de que la razón de lanzarme a ese trabajo de investigador era que creía sentirme en deuda con mis camaradas. Y si me empeñaba hasta la extenuación en el caso de Émile y Lucie era porque me sentía en deuda con Anna.

Mientras Lucie Himmel atravesaba el país para

encontrar a su novio, yo me aferraba con todas mis fuerzas al frente para huir de mi Anna.

Vivimos nuestros días más hermosos durante la Navidad de 1918. Francia estaba de fiesta y nosotros, juntos. Fue entonces cuando empecé con mis primeras pesquisas.

Nos reservábamos los domingos. Caminábamos por París. Nos sentábamos en las terrazas de los cafés, leíamos uno junto al otro. Yo, *Gaspard* de René Benjamin. Anna se hallaba inmersa en otra guerra, la *Ilíada*.

Nos besábamos a la menor ocasión. A ella le divertía sostenerme la puerta diciéndome que debía tener cuidado. Le contaba lo que había visto, ella me abrazaba.

Queríamos tener un hijo. O dos. O más. Nos afanábamos con tesón. Cada noche, cada mañana. Me embriagaba el perfume de sus labios, el olor de su cuello, la suavidad de sus muslos.

Mientras esperábamos la llegada del niño, ella puso una maceta en nuestro pequeño balcón. Salió a comprar una lámpara y volvió con una planta. Me dijo que era una «pequeña vida» para nuestra casa antes de que naciera otra en su vientre. Me acuerdo de esa expresión suya. Sacamos una botella para celebrar la llegada de la pequeña vida a la casa. Y como la planta parecía encontrarse a gusto, sacamos una segunda botella.

No había ni un ruido en la calle. Nos apoyamos en el borde del balcón para disfrutar del aire tibio. La noche estaba oscura, muy oscura. Ya estábamos bastante borrachos cuando me dijo que habría hecho mejor en plantar una farola. Una farola muy pequeñita. Un bebé farola.

Me habló de las lámpades, las ninfas que llevaban antorchas para alumbrar a Hécate, diosa lunar griega. Me dijo que siempre necesitaríamos luz. Mirándome hasta el fondo de los ojos, me puso sobre aviso: la luz de las lámpades podía conducir a la locura y Hécate era también una diosa de las sombras. Soltó una carcajada y me explicó que tendríamos que ocuparnos de nuestra farola, que habría que regarla, medirla, hablarle.

Ahora me pregunto si no había comprendido ya que nunca tendríamos hijos.

Una noche de marzo de 1919, empezó a toser. Los periódicos llevaban varios meses hablando del tema, pero yo había visto demasiados horrores como para preocuparme por una gripe española, portuguesa o de la nacionalidad que fuera. Cuando Edmond Rostand murió en diciembre, lloramos juntos. Pensando en *Cyrano de Bergerac*. Pero no teníamos miedo. No podía sucedernos nada.

Dejamos de leer los periódicos el día en que nos enteramos de que, durante la última semana de febrero de 1919, habían muerto novecientas personas en París. Ya retomaríamos la lectura más adelante, no queríamos ensombrecer nuestra felicidad.

Cuando volví a casa, esa noche, ella estaba tumbada en la cama. No había ido a trabajar. Tenía la frente ardiendo. No reconocí su mirada. Corrí por todas partes en busca de un doctor. Compré un frasco de Grippécure, porque, según decían, hacía bajar rápidamente la fiebre. No hizo bajar nada. A Anna le dolía el pecho. Cada vez más. Ella me decía que no me acercara, que se curaría, que era contagioso. Le dio un ataque muy fuerte de tos. Le cambió el color de la cara. Me costaba reconocerla.

Por la mañana estaba muerta. Así. Sin causar complicaciones, sin médico, sin gritos. Solo con esa tos que sigue resonando en mi cabeza, como un *shrapnel* que explotara y se dislocara en el fondo de mi cráneo. Lo que la guerra no destruyó en mí lo hizo la gripe española. A mi Anna.

Soñada durante cuatro años.

Desaparecida en unas horas.

Me acosté a su lado, puse mi cara contra la suya, la besé. Quería que me besara también, que me llevara consigo. Quería acompañarla.

La muerte no quiso saber de mí. Me había rondado durante cuatro años y ahora me ignoraba, esa jaca vieja.

Lloré.

No lloré durante la guerra. No lloré cuando perdí la mano. Cuando murió Anna, lloré todas las lágrimas de mi cuerpo. Lágrimas inagotables. Lloraba por ese desastre, por todos esos años perdidos, robados, masacrados.

Desde entonces, vivo con esa culpabilidad de no haber estado a la altura de un enamorado. De no haber aprovechado la menor ocasión para ir a ver a Anna. Me odié por mi maldito orgullo y por mi falta de consideración hacia ella. Nuestro encuentro me obsesionaba, ese momento en el que me sentí tan tonto, tan ridículo. Su voz me dijo que me prefería así. Lo borró todo en un minuto, con una sonrisa. Y ahora ya no estaba allí. Nunca más estaría allí. Habíamos ganado la guerra, muy bien. Yo había perdido amigos, años. Y ahora perdía a la única persona que seguía contando para mí.

Caminé hasta el Sena. Hacía frío. No había estrellas en el cielo, se habían ido al mismo tiempo que Anna. Estaba en el Pont-Neuf y miraba la corriente. Me senté en el borde y cerré los ojos. Me sentía vacío. Demasiado vacío para pensar. Demasiado vacío para arrojarme al agua. Me quedé así buena parte de la noche.

Un hombre se colocó a mi lado. Permaneció en silencio un rato, sacó un cigarrillo, lo encendió y me lo tendió. Luego se incorporó y, sin mirarme, me dijo: «Ya tenemos demasiados muertos, no añadamos más». Se fue.

Me levanté yo también y volví a casa.

Al final de mi calle, un acordeonista cantaba una historia triste que no tuve el valor de escuchar.

Habían instalado una farola justo delante de mi ventana. Me quedé atónito. Era una señal, ¿qué otra cosa, si no? Me senté en el bordillo de la acera para aprovechar la luz y luego me fui a casa.

Junté toda la ropa de Anna y hundí la cara entre el tejido para sentir una última vez su olor.

No tengo ningún recuerdo de los días siguientes.

Poco después me sumí en el trabajo junto a Blanche Maupas. Preparábamos el dosier para la rehabilitación de su marido. Creo que fue su amor lo que me hizo reaccionar. Estaba impresionado por su convicción, por el valor que le echaba a reclamar la revisión del juicio. Entendí que, incluso más allá de la muerte, pervivía el amor. No se sabe qué hacer con él, pero merece la pena luchar para seguir alimentándolo.

Por eso, unos años más tarde, me impliqué tanto en la historia de Émile y Lucie. Porque era un amor increíble, magnífico, entero, sin concesiones, y porque cada historia con la que me cruzaba contribuía a reavivar la mía.

En cada uno de mis pasos en ese caso, me acompañaba la sonrisa de Anna.

20

Decidí volver tras las huellas de Lucie.

Nuevo viaje a Molsheim para pedir a los Himmel su única fotografía, que me dieron de mala gana, con la esperanza de que les devolviera a su hija.

Rehíce todo el camino, interrogué una vez más a Moriceau, Macaret, Létoile, La None. Fui a todos los pueblos, entré en todas las tabernas. Con una nueva obsesión: encontrar a Lucie. Recorrí todos los hospitales, los albergues, los cuarteles. Enseñaba la foto, hacía preguntas. Durante cuatro años, de 1927 a 1931, recorrí todo el este y el norte de Francia.

Me encerraba en el exilio para escapar de un mundo que ya no entendía. Evitaba la capital, cada vez más ruidosa, más festiva e indecente. Incluso Davisse acabó por apasionarse por el surrealismo, el dadaísmo, el art déco..., palabras que me resultaban completamente ajenas. No conseguía dejarme llevar por la despreocupación general. Sin Anna, no tenía ningún sentido. Mi amigo intentó una o dos veces llevarme al Dôme o a uno de esos cafés de Montparnasse que siempre estaban a reventar. No me sentía a gusto en esos sitios. La gente hablaba demasiado alto. Eran demasiado guapos. Y yo seguía sin llevar el calzado adecuado. Seguía apestando a trinchera, aunque el armisticio llevara años firmado. Continuaba volviéndome hacia la guerra para encontrar las siluetas del soldado Joplain y de su novia.

Engañaba a la madre, le decía que avanzaba, que estaba siguiendo una pista, que no resultaba nada fácil, pero que acabaría encontrando a su Émile. Era verdad. Le hablaba del ejército canadiense, del tiempo que tardaban las cartas en cruzar el océano. También era verdad. Perdí el rastro de Émile en la batalla de Vimy y me preguntaba en qué medida podría haberse aprovechado del desorden para realizar su sueño americano.

Me planteé, incluso, ir a Canadá para buscarlo. Un francesito con una alsaciana del brazo no debía de pasar desapercibido. Y me habría alejado un poco de esa guerra de la que no conseguía zafarme. Sin embargo, no dejaba de pensar que era allí donde encontraría su rastro. En Francia, en medio de ese barro que tanto se nos pegaba a las botas.

No me sentía culpable por mis mentiras a la Joplain; después de todo, ella también me había mentido. Lucie llamó a su casa en 1915, y aunque había comprendido que no era santo de devoción de la viuda, esperaba al menos que el miedo a perder a Émile las uniría.

La puerta permaneció cerrada. «No está. Se fue a cumplir con su deber. Es un soldado. No vuelva por aquí.»

Lucie tuvo que recurrir a la capital, interrogar ingenuamente a cada hombre de uniforme. Seguro que se sentía perdida, ella, que nunca había visto a tanta gente, tantas calles, tantas aceras y tantos bares. No sé cuánto tiempo se quedó en París, ni cómo se las arregló ni dónde dormía. Sí me enteré de que acabó por llegar a la estación de Reuilly, donde se clasificaban los paquetes postales. Si la madre de su Émile se negaba a facilitarle información, ella registraría su correspondencia. Salvo que en aquella época no había solo una madre que enviaba paquetes a su hijo soldado. Francia entera tejía para aprovisionar de guantes, bufandas y calcetines. Francia entera enviaba paquetes de comida para llenar estómagos que, se sabía, sonaban a hueco. Francia entera escribía para tranquilizar a los maridos sobre la buena gestión de sus empresas, de sus granjas, de sus hogares. Era igual que buscar una aguja en un pajar.

Lucie no tenía más pistas. Debía encontrar la aguja, aunque tardase toda su vida.

Llegó a encontrar trabajo en la oficina de clasificación del correo. Esta estaba ya muy feminizada antes de la guerra, de suerte que no supuso una gran revolución contratar a más mujeres cuando los hombres partieron al frente.

Así que son miles los paquetes que pasan entre las manos de Lucie. Los trata mecánicamente con un solo y único objetivo: leer el nombre de Émile Joplain y el lugar de envío.

Y cada día se reconstruye el pajar, y cada día acomete ella su labor. La aguja no debe de estar muy lejos. Le cuesta pensar que la señora Joplain no envíe nada a su hijito querido. Cada noche mira a sus compañeros de trabajo con cierto asomo de celos porque seguramente ha pasado entre sus manos esa información que a ella la obliga a levantarse al alba. Por supuesto, les ha pedido que vigilen ese nombre, me enteré de eso gracias a una cartera que la conoció en aquella época. También fue ella la que me contó que un viernes por la mañana Lucie Himmel dio un grito y se desmayó. Con un paquete en los brazos. Volvió en sí y salió corriendo. Se largó sin siquiera exigir su paga.

Aquella historia me devolvió la fe. Me puse a recorrer el país, lanzando avisos de búsqueda en todos los periódicos posibles. Recuerdo en especial aquel invierno tan frío de 1929. Por donde pasaba, los ríos estaban helados, los animales morían en los establos. Y yo llamaba a las puertas, empeñándome en mi misión. Calentándome como podía.

La Hija de la Luna, esa Lucie Himmel, o cualquiera que fuera el nombre que diera ella para poder encontrar un refugio aquí o allá, dejó huella en la mente de la gente. Algunos la conocían con el nombre de Simone Niney, o Lucie Niney, o Simone Himmel. Sin duda pretendía no dejar rastro. Según el lado del frente en el que se hallara, hacía valer sus orígenes germánicos o alsacianos.

La foto no engañaba. Los pómulos salientes, los ojos claros y almendrados, el pelo rubio, la frente ligeramente abombada, la nariz respingona, el hoyuelo del mentón y esa arruga que llevaba marcada desde que Émile se había ido a la guerra.

Llegué poco a poco a remontar la cronología desde su salida de París. Llegó a dormir acá, a esconderse allá. Una pareja de Reims le dio cobijo por una noche. En Châlons pasó una semana en una pensión donde le cedían una habitación a cambio de pequeñas faenas. Un campesino de Bar-le-Duc se la encontró un día dormida en su granja y la albergó hasta que recuperó la salud: «La pobrecita no tenía fuerzas, ni siquiera se sostenía, tenía los pies ensangrentados. No podía dejarla marchar así».

Le seguía el rastro con quince años de retraso. Langres, Vesoul, Belfort. Desaparecía aquí, encontraba su pista allí. Parecía proceder por saltos bruscos. Se quedaba varios días en un sitio y luego se daba unas caminatas que podían llegar hasta cincuenta kilómetros al día. Llegaba tarde, pedía un cuarto, una cama, un jergón, un rincón en un establo. No causaba problemas, a veces tenía un poco de dinero, proponía realizar tareas domésticas o labores agrícolas para pagar alojamiento y comida. Enseñaba una foto de su novio y hacía preguntas a las guarniciones presentes en la región: «¿Qué brigada? ¿Qué regimiento? ¿Qué batallón? ¿Qué compañía? ¿Qué sección? ¿Qué escuadra? ¿Y usted? ¿Lo ha visto usted? Se llama Émile Joplain, ¡es apuesto como un príncipe y habla como un poeta! ¡Seguro que lo ha visto! ¡Ha pasado por aquí!».

Eran las palabras que pronunció La None. Eso me permitió despejar las últimas dudas: Lucie Himmel era con toda certeza la Hija de la Luna.

Yo me obstinaba, rabioso. No sabía adónde me conduciría, pero creía en ello a pies juntillas. Yo, que tenía la costumbre de llevar varios casos a la vez, rechazaba cualquier otra propuesta. Me tildaban de loco: «Su señorita bien podría estar muerta desde hace mucho tiempo. No era una temporada propicia para ir paseándose por ahí. Ya veo que se ha hecho usted su idea y no hay quien lo saque de ahí».

Davisse me facilitaba las direcciones de soldados susceptibles de haberse cruzado en su camino. Arrastraba su silueta retorcida por los cafés de excombatientes y aguzaba el oído. Pasaba por mi casa para recoger el correo, que abría, y luego me contaba. Se dejó atrapar por el juego y me declaró:

—Número de Eudoxies Dumail: una. Número de Hijas de la Luna: indeterminado.

Yo sabía que seguiría buscando hasta que pudiera responder con una cifra. Era mi más fiel aliado y había entendido que lo que me interesaba era el amor. Luchaba por reencontrar a mi Anna.

Fue él quien, un día, me dijo que tuviera cuidado, que se empezaba a hablar de mí, de ese que buscaba a la Hija de la Luna. Que había quien comentaba que había perdido la cabeza, que mis pesquisas habían acabado con las neuronas que me quedaban, que había visto demasiados muertos, que hablaba con los fantasmas. Es cierto que era eso lo que llevaba haciendo desde el final de la guerra, cazar fantasmas en un país alfombrado de cruces blancas. No entendían mi empeño, los miles de cartas que había enviado al mundo entero. ¿Y todo eso por una viuda rica? Había quien pensaba que me callaba algo, que había detrás una historia de algún tesoro o alguna herencia.

No me paraba a desmentir nada, solo vigilaba para que todo aquello no llegara a oídos de Jeanne Joplain. Pero, como era de esperar, sucedió, de manera que tuve que volver a París, perdiendo así un tiempo valiosísimo para mi investigación. Desplegué todo un arsenal de argumentos para convencerla de que no, no estaba loco, simplemente me consagraba en cuerpo y alma a la búsqueda de su hijo. Inventé testimonios, le dije que había estado con un soldado que lo había reconocido el mes anterior en una calle de Nancy, donde me hallaba precisamente cuando me ordenó que volviera.

La pobre viuda Joplain se había vuelto vieja, seca y dura. Seguía negándose a hablar de Lucie, que nunca existió, aparte de en la adolescencia de su hijo.

21

De 1927 a 1931, acumulé tantas notas, testimonios e historias contadas por alguien que conocía a alguien que la había visto o por alguien que conocía a alguien que le había dado cobijo, que conseguí reconstruir el hilo de su historia.

Igual que yo, ella también iba con retraso, siguiendo a la compañía de Émile con una semana de distancia. Y cuando por fin Joplain se detenía, era para partir a combatir o a enterrarse en una trinchera. Imposible para una mujer introducirse ahí.

Pidió prestada ropa masculina, se cortó el pelo rubio, buscó sobornar a los soldados con la esperanza de entrever al hombre sin el que no podía vivir. Saber que estaba vivo ya no le bastaba, quería verlo, tocarlo, olerlo, oír el sonido de su voz, estrecharlo contra su cuerpo. Se moría por hablarle, por tenerlo entre sus brazos, por aspirar el aliento de su boca.

Mientras él le escribía poemas que ella nunca leería, ella merodeaba a unos kilómetros apenas, dando vueltas y más vueltas en busca de un medio para acercarse a él.

El hambre, el frío, la soledad y la carencia la empujaron sin duda a correr riesgos desmesurados. Su supervivencia durante los años 1915 y 1916 fue una auténtica proeza.

Su salud se había degradado mucho. Sin embargo, logró que la enrolaran en la zona de Verdún. Junto a enfermeras profesionales, aprendió a cambiar vendajes, limpiar heridas, poner ventosas, asear a los pacientes. Sé de buena fuente que vivió el horror de la guerra, que vio la sangre y la muerte. El resto solo puedo imaginármelo. Quería permanecer sorda ante los gritos, los estertores, los resuellos letales que recorrían los largos barracones. Pensaba en su Émile. A cada nuevo herido, esperaba y temía que se tratase de él.

Yo estaba tan obnubilado por la historia que creía estar viviéndola a su lado. Mi corazón palpitaba con el suyo, hacía míos sus pensamientos.

Se enteró de que él estaba allí, a diez kilómetros. Apenas a dos horas de marcha.

Dudó.

Un soldado le dibujó un plano. Aproximado. Muy aproximado.

La primera noche anduvo una hora, oyó el ruido de las bombas, se cruzó con sombras, con uniformes que no sabía bien si eran franceses. Se escondió en la cuneta. Pasaron unos hombres. Numerosos. El sol iba a salir y los heridos la necesitaban. Dio media vuelta.

Pasó todo el día obsesionada por la idea de que él pudiera estar muriéndose y ella hubiera perdido la última ocasión de verlo.

La segunda noche, salió a todo correr por la misma ruta, se perdió, se metió en un bosque donde solo quedaban las sombras de los árboles. Oía los frenéticos latidos de su corazón y el ruido de su respiración. Tropezaba, se caía, se levantaba y echaba a correr de nuevo. Sabía que si se detenía no podría seguir. El miedo le atenazaba las entrañas. Vomitó y siguió su camino. La tierra estaba abrasada, un olor a pólvora, a carroña se le pegaba a la piel.

Ruidos, explosiones. El cielo se volvió blanco. El suelo vibró. Un estruendo. Una tempestad de metal y acero que hizo temblar el mundo. Los oídos le pitaron. Avanzaba todo derecho. Un cuerpo ante ella. ¡Era él! Se agachó. La mitad de un hombre al que le habían arrancado la pelvis y las piernas. Sonreía. No era la sonrisa de Émile, era la de un desconocido. A dos metros de allí, otro hombre, con la cara arrancada. No eran las manos de Émile. Siguió avanzando, un herido arañaba la tierra, pedía auxilio. Se arrodilló, le preguntó si conocía a Émile. Émile Joplain.

—Habla como un poeta, es apuesto como un príncipe...

Había demasiado ruido, ni siquiera ella oía sus propias palabras. Acabó por enseñar su foto. Una foto pequeña que siempre llevaba consigo. El hombre no entendía, le parecía estar soñando. Una mujer allí, en el *no man's land*. El lugar más peligroso del mundo. Pensaba que ya estaba muerto, que quizá fuera la Virgen.

—Dios te salve, María, llena eres de gracia, el Señor es contigo.

—Émile.

—Bendita tú eres entre todas las mujeres.

—Émile Joplain.

—Y bendito es el fruto de tu vientre, Jesús.

—Habla como un poeta.

—Santa María, madre de Dios, ruega por nosotros, pecadores.

—Y es apuesto como un príncipe.

—Ahora y en la hora de nuestra muerte.

El hombre se desmayó y se despertó dos días después bajo el rostro seco de una enfermera, convencido de que había sido la Virgen María quien lo había trasladado hasta allí.

Y Lucie prosiguió su camino. Durante toda la noche fue agachándose sobre cada uno de los cuerpos con los que tropezaba, dando la vuelta a los cadáveres caídos bocabajo. Y cada vez esperanzada, cada vez aliviada.

Cuando volvió al día siguiente por la mañana, mucho tiempo después de que saliera el sol, sus compañeras no la reconocieron. La muerte le había impreso su máscara en la cara.

Empezaron a mirarla con desconfianza, no apreciaban mucho su acento alsaciano ni las preguntas que hacía. ¿Por qué no se limitaba a aplacar el dolor de los heridos, como el resto de los ángeles blancos?

Ella no comprendía. Era incapaz de entender lo que sucedía a su alrededor. No veía las miradas, no oía las burlas, pasaba junto a los rumores sin darse cuenta de su hiriente presencia. A cada herido que llegaba le enseñaba la foto y le hacía cien preguntas, mil preguntas sobre los movimientos de las tropas, sobre las fuerzas francesas, sobre la línea de frente.

Y por la noche volvía a salir, hundiendo sus pasos en las cenizas del bosque, e iba derecha hacia otros cuerpos, otros heridos. Las balas silbaban a su lado, los obuses desplazaban columnas de tierra, pero ella seguía, posando la vista sobre cada rostro.

Noche tras noche, en medio de las deflagraciones, afrontando el rugido infinito del apocalipsis. Para volverse loca. Para volverse loca. Para volverse loca.

No la quisieron más junto a los heridos. Su mirada espantaba. En sus ojos perduraba el estruendo de las bombas.

22

Hacía dos días que Lucie ya no formaba parte del equipo de enfermeras cuando alcanzaron a Émile en una pierna y llegó hasta allí en camilla.

Aunque Lucie lo había mostrado a todo el mundo, nadie reconoció el rostro del joven. Las enfermeras tenían otras heridas que vendar; los médicos, otros miembros que cortar.

Lucie seguía errando con un alma en pena por el *no man's land*, permitiéndose ciertas incursiones muy cerca de las líneas francesas y alemanas. Debo las informaciones siguientes a un tal Roger Dalais. En realidad, ya había oído hablar de él. Un cura que lo había visto todo, que lo había oído todo. Yo desconfiaba de los tipos que lo habían visto todo, que lo habían oído todo. Y desconfiaba de los curas, aunque durante la guerra me tropecé con algunos valientes. Curas buenos que hacían lo que podían, y no se les caían los anillos por arrimar el hombro. O sea, como los demás.

El padre Dalais estuvo en Verdún y conoció el infierno de la misa en medio de las explosiones, las confesiones en un rincón de las trincheras. Es inimaginable la evolución de las devociones en tiempos de guerra. Conocí a más de un descreído a quien le entraban dudas cuando veía correr la sangre por sus botas.

El nombre de Dalais aparecía con frecuencia en las conversaciones. En mis casos anteriores, me sucedía a menudo que se refirieran a él como argumento en última instancia:

—¡Si no me cree, vaya a preguntar al padre Dalais!

Me costaba aceptar como certezas las palabras de un servidor de Dios, restos de mi anticlericalismo, seguramente. A pesar de todo, dejé a un lado mis principios y fui a preguntarle si había oído hablar de la Hija de la Luna.

Mi primera sorpresa fue darme cuenta de que no era sacerdote, sino rabino.

Mi segunda sorpresa fue constatar hasta qué punto era locuaz y no hablaba como imaginaba yo que hablaba un rabino. En las trincheras se le había pegado un tono raro, algo guasón. Pasó cuatro años en el frente, escuchando, hablando, combatiendo cuando era absolutamente necesario.

Lo vi en 1931; tendría entre cuarenta y cuarenta y cinco años. Y como todos los que habían pasado demasiado tiempo en el frente, parecía un viejo. Un viejo cuya mirada se tornara traviesa.

Me contó su Verdún, sus trincheras:

—Los escépticos de la fe abundaban. Yo era joven, pero lo comprendía. Después de todo, que cada uno crea en lo que quiera. Al principio, le confesaré que me observaban de reojo. No es que hubiera muchos rabinos en las trincheras. Según lo que sabía yo, debíamos de ser unos cincuenta en todo el frente. Cuando me alisté, me faltaba seguridad y ni siquiera me molestaba en rectificar cuando me tomaban por un sacerdote. No le veía interés en ahondar en contradicciones. Decía que sí. No llegué a dar la comunión, claro, seamos serios. Pero confesé, estaba obligado. Un alma es un alma, es algo que ha de respetarse.

»Faltaban capellanes en la zona. Y los moribundos reclamaban un servidor de Dios. Cuando alguien está a punto de subir ahí arriba, es mejor saber con quién se tiene cita, créame. Lo cierto es que las primeras semanas me costaba. Los curas para los católicos, los pastores para los protestantes y los rabinos para los judíos, es lo suyo. Con el cansancio y el barro, y la sangre, y los piojos, y el resto, empecé a mitigar mis exigencias. Cuando un pobre tipo está a punto de irse al otro barrio y necesita a un cura, por muchas certezas que se tengan, uno cambia temporalmente de religión. Es la guerra, hay que adaptarse. Hay que ser un poco más humano. Así fue cómo oí hablar de su Hija de la Luna. Un pobre soldado de infantería se sujetaba el vientre con las manos para impedir que sus tripas salieran de excursión. Se llamaba Pierre Toussaint y tenía los ojos que viraban en todos los sentidos, como un girasol descubriendo que hay varios soles. Dos camaradas consiguieron pasarlo por encima del parapeto y luego vinieron a buscarme porque se trataba de una persona practicante y reclamaba que se le administraran los últimos sacramentos. Pasé la noche a su lado. Ni siquiera sé cómo se las habían arreglado para mantenerlo con vida hasta llegar a la trinchera. Me habló de la Virgen María, que se apareció en la batalla del Marne para echar una mano a los franceses.

Interrumpí a Dalais para preguntarle qué pensaba de esa historia que se contaba desde hacía años. Para una vez que tenía a mi alcance a un religioso...

Se echó a reír. Él también había estado a orillas del Marne. De hecho, no le pareció mal: por fin un poco de acción. Porque empezaba a aburrirse en 1914, a fuerza de dar vueltas como un león enjaulado. Parecía que la religión no bastaba para mantener ocupado el cerebro. Se había cruzado, incluso, con Charles Péguy. Era tal como se lo describe: estirado, embutido en su pantalón, erguido bajo la metralla. No lo habían visto caer, pero casi:

—Justo después de cruzármelo, me dicen que ha muerto. No era una persona cualquiera, Péguy, no compartíamos las mismas ideas, pero hay que reconocer que las suyas eran sólidas. Y además tenía fe, no se puede decir lo contrario.

Tres años después leyó en el periódico esa historia de la Virgen, según la cual se habría aparecido y habría decidido conceder la victoria a los franceses.

—¿Y sabe usted de dónde había sacado esa historia el periódico? ¡A que no! ¡De los presos alemanes! Puede que la Virgen fuera antidreyfusarda...; en todo caso, yo no la vi. Pero, puesto que está escrito, es que es cierto. Péguy —añadió guiñándome un ojo— era una persona recta como una «I», y tenía estilo.

Dalais estaba lanzado, me costó mucho que retomara la historia de Pierre Toussaint:

—El sol iba a levantarse. Toussaint estaba gris y sus ojos se habían inmovilizado, por fin. Reinaba un silencio absoluto, apenas turbado, de vez en cuando, por el silbido de una bala. Me habló toda la noche, me hizo prometer que les diría a su mujer y a sus hijos que los amaba tiernamente. Le pregunté si tenía una carta o algo que transmitirles. Me contestó que no. Que ya había entregado su carta. Cuando lo alcanzó una esquirla de obús y pensaba que le quedaban unos minutos de vida. Cayó bocarriba, con el vientre abierto. Entonces se le acercó una joven y lo miró a los ojos antes de seguir su camino. Él aún tuvo fuerzas para llamarla y preguntarle quién era. Ella desapareció y luego reapareció para preguntarle si conocía a un soldado llamado Joplain, que era poeta y apuesto como un príncipe. Bueno, digo Joplain porque lo ha mentado usted, si no nunca me habría acordado del nombre. Toussaint lo reconoció perfectamente al Joplain, incluso, añadió, combatió con él y formó parte del 347 Regimiento de infantería. Acababan de evacuarlo a causa de una herida que no parecía grave. Me contó que la Hija de la Luna lo estrechó en sus brazos. Él tenía el vientre abierto y la llenó de sangre, él sufría lo indecible. Sintió el calor de aquel cuerpo. Quería que lo confesara porque sintió deseo por esa mujer, que no era la suya. Ella despedía un olor salvaje y él adivinaba su pecho a través de su vestido desgarrado. En realidad, no se podía decir que llevara ropa. Iba medio desnuda, cubierta de barro y retazos de tela desgastada. Iba descalza, con las piernas y la cabeza al aire. Unas lágrimas habían dejado dos surcos sobre su rostro manchado de lodo. Toussaint la encontró magnífica, se preguntó si no estaba muerto. Creyó que era la Virgen María y se preguntó si era esa guerra la que obligaba a la Virgen María a cubrirse de fango y andrajos. Antes de cerrar los ojos, tuvo fuerzas para meterse la mano en el bolsillo interior de la chaqueta y sacar una carta, que le entregó. Se durmió, creyendo que se moría. Hasta que dos soldados fueron a sacarlo tirando de su gabán. Lo siguiente ya lo conoce.

Dalais siguió habla que te habla. Me decía que se podía atrapar a cualquier *poilu* y sacudirlo un poco: salían mil historias. Y creo que me contó más de mil.

Dejé de escucharlo. Me imaginaba a Lucie Himmel saliendo de Verdún en busca de su novio. Pensaba en el infierno que vivió y me preguntaba cómo había podido sobrevivir a aquello.

Y veía a Dalais agitándose delante de mí. Hablando sin parar, prohibiéndose a sí mismo un momento de silencio. Su parloteo perpetuo debía de ser el medio que había encontrado para mantenerse con vida. Me preguntaba qué hombre, qué rabino habría sido sin esa maldita guerra. Y, como cada vez, acabé pensando en cómo habría sido mi vida si no me hubieran robado cuatro años, una mano y a mi amor.

23

Una campesina que me encontré cerca de Bar-le-Duc me contó que Lucie se fue de Verdún por la Voie Sacrée en un camión de heridos. No sé cómo se las había arreglado, y cómo hizo para encontrar un atuendo decente en medio de ese pandemonio. La labriega tampoco tenía la menor idea. Se limitó a ofrecerle una sopa y una cama por una noche.

Tenía esperanzas de que Davisse acabara por encontrar su rastro en el registro. En vano. Ni Lucie Himmel ni Simone Niney. Se coló en el camión de heridos como se había colado en el *no man's land*. Puede, incluso, que viajara en el mismo camión que conducía yo.

Ella reanudó después su loca carrera antes de pararse un tiempo en la campiña borgoñona, donde una granja, como todas las granjas del país, necesitaba brazos urgentemente. Era cerca de Tonnerre (sin comentarios sobre la ironía del destino que la condujo del infierno de Verdún a los truenos de Tonnerre en Borgoña). Una mañana, pues, una tal Zélie Partaud vio llegar a una forastera que ofrecía sus servicios. Zélie necesitaba ayuda: desde la partida de su marido y de su hermano a la guerra, intentaba sacar adelante, ella sola, la explotación agrícola familiar. Labraba como podía. Sembraba como podía. Mataba sus últimos animales como podía. Subsistía como podía.

Acogió a aquella forastera que nunca pronunciaba una palabra de más. Un retrato muy alejado de la muchacha alegre que esperaba a su novio en la casa familiar de Molsheim.

Por el día en el campo, por la noche enviando cartas a todos los hospitales del país con una única pregunta: «¿Se encuentra ahí Émile Joplain?». Hallé algunas de esas misivas escritas con la caligrafía cuidada que ya había aprendido a reconocer. De vez en cuando le llegaba una respuesta negativa, pero la mayoría de los servicios hospitalarios estaban desbordados y no tenían tiempo de escribirle.

Un mes labrando y recuperando fuerzas, hasta que, una mañana de 1916, se fue sin avisar o casi, rogándole a Zélie que le hiciera llegar las respuestas que recibiera, pero sin precisarle a qué dirección.

Zélie corrió tras ella para preguntárselo, pero Lucie caminaba demasiado deprisa y no se giró.

—Se fue sin llevarse siquiera la alforja que le preparé con un poco de queso.

Unos días después de que se marchase, llegó una carta a casa de Zélie Partaud. Procedía de un hospital de Tours donde, efectivamente, estaba ingresado un tal Émile Joplain.

Lucie nunca llegó a saber de la existencia de aquella carta. Decidió empezar de nuevo la búsqueda e intentó hablar otra vez con Jeanne Joplain. Tampoco esta vez le abrió la puerta, rehusando obstinadamente darle la menor información.

Luego perdí su rastro. No sé qué vida llevó durante el invierno de 1916-1917. Quizá cambiara de identidad y alquilara sus servicios como bracera aquí y allá. A pesar de mis llamamientos a testigos, no hallé a nadie que la hubiera cobijado, ni siquiera visto. Parece que cambió mucho en ese periodo. Zélie Partaud reconocía apenas a la chica de la foto. Era ella, seguro. Pero con una mirada distinta, un rostro más duro, más enjuto, marcado.

24

Lucie reaparece en la primavera de 1917, en Vimy..., del lado alemán. No resultó fácil encajar las piezas del puzle.

Nunca logré saber cómo consiguió dar con el rastro de Émile. Sin duda, de la misma manera que yo, preguntando, escribiendo, desplazándose.

Hasta entonces, ninguna de mis pesquisas me había obligado a trabajar con los alemanes. He de confesar que seguía sin tragarlos. Por costumbre. Porque crecí educado en el odio a los *boches*, como todo el mundo. Porque me habían robado una mano a la que, hasta entonces, estaba muy unido.

Por su parte, Davisse siempre se sintió atraído por la ideología pacifista. Según él, había que olvidar el Tratado de Versalles y pasar a otra cosa. Habíamos vivido la última de las últimas y los alemanes tenían que reconstruirse. Si no, íbamos de cabeza a otra guerra. Siguió de cerca esa historia del tratado. Él fue el primero en decirme que del otro lado del Rin se hablaba de *diktat*. Personalmente, me daba exactamente igual que se les reclamara reparación. Después de todo, nunca pedimos que nos invadieran.

Recuerdo que, una noche de agosto de 1928, vino a buscarme con una botella en la mano:

—¡La guerra ha sido condenada oficialmente e incluso va a ser declarada oficialmente fuera de la ley!

—¿La guerra? ¿Qué guerra? ¿La nuestra?

—¡Todas las guerras, amigo mío! ¡Todas las guerras han sido condenadas!

No veíamos muy bien cómo podría concretarse, pero era verdad, estaba escrito en el periódico: se había aprobado el Pacto Briand-Kellogg.

—Número de países que lo han firmado: ¡quince!

Seríamos la última generación de soldados. ¡La paz era nuestra!

Los años siguientes, mientras recorría Francia a lo largo y a lo ancho en busca de Lucie, Davisse permanecía en París, donde se concienciaba de que la paz era algo tangible. Incluso empezó a estrechar lazos de amistad con miembros de diversas asociaciones, como la Liga Alemana de los Derechos Humanos. A fuerza de ver a los muertos desbordando de sus registros, se interesó por esas cuestiones de la reconciliación. De hecho, estaba en contacto con los servicios alemanes que, por su parte, necesitaban también censar a sus propios soldados desaparecidos.

—Número de muertos alemanes: ¡más de dos millones cuatrocientos mil!

En 1932, mientras que yo estaba escandalizado por la anulación de las deudas alemanas, él me soltaba grandes discursos sobre la importancia de pasar página. Después de los años de despreocupación, el final de la década de los veinte sumió al mundo entero en una crisis financiera sin precedentes. Los alemanes la sufrían tanto como nosotros.

Davisse tomó la iniciativa, sin avisarme, de entrar en contacto con algunos de sus homólogos del otro lado del Rin con el fin de obtener información acerca del personal femenino que trabajaba en la base de Vimy en abril de 1917. Lo consiguió gracias, en especial, a la Liga Internacional de Mujeres por la Paz y la Libertad. Se trataba de una organización fundada en 1919, nacida a raíz del congreso que reunió en 1915 en La Haya a feministas que protestaban contra la guerra.

Mientras yo peinaba el país, él investigaba por su cuenta. A él le debo las informaciones siguientes. A él y a una tal Olga, con quien Davisse entabló una correspondencia regular.

En esa primavera de 1917, toda la parte norte de Francia era, por decirlo pronto y mal, un desmadre. Lucie siguió una carretera, cortó por otra, se introdujo por las ruinas humeantes de un pueblo, caminó durante varios días, intentando guiarse por un sentido de la orientación que no era precisamente una gran cualidad suya. Acabó por encontrarse en el lado malo del frente. «Bien por ti, mi querida Lucie», se murmuró a sí misma en términos más rudos y en parte expresados en argot alsaciano.

Durante la cuarta noche de marcha, se topó con un tren parado. Estaba en una pequeña estación que parecía insignificante. Unos militares hablaban, fumaban, bebían. Era la primera vez que se encontraba tan cerca de los soldados alemanes en la retaguardia de sus líneas. Los que había visto hasta el momento se hallaban medio enterrados, con los picos de los cascos asomando en las trincheras, tras las alambradas. O despanzurrados en el *no man's land*. Ella los miraba. Eran jóvenes. Niños, o casi. Adolescentes, o casi. Adultos, pero solo vistos de lejos.

El tren iba al frente. Hacia Vimy.

No consiguió encontrarse con Émile en París, ni en Verdún, ni en Arras, lo encontraría en Vimy. Respira hondo, avanza hacia el tren, abre la puerta corredera de un vagón de ganado y se cuela en el interior. Tarda unos segundos hasta que sus ojos se acostumbran a la oscuridad. Está flaca, tiene miedo, tiene hambre. Se encuentra frente a dos mujeres mal sentadas en medio de unas cajas llenas de material médico.

Dos alemanas, Olga Augen —el famoso contacto de Davisse— y Nadia Linken.

Las tres mujeres se miran. La mayor, Nadia, toma la palabra y le pregunta en alemán quién es. Lucie duda, contesta que es alemana, lo cual es cierto. Que está buscando a un hombre. Un soldado. Un poeta que no tiene nada que ver con la guerra. Que es apuesto como un *Prinz*.

Las dos alemanas no se dejan engañar. Si se han presentado voluntarias para ir ahí es porque no soportaban más estar inactivas lejos del sufrimiento de los hombres —una ha perdido ya a un hermano, la otra, a su marido—, e incluso aunque no lo confiesen, habrían preferido que murieran en su país antes que en ese otro donde a ellas no se les ha perdido nada.

Cuando ven a Lucie entrando en el vagón es como si el reflejo de su propia miseria viniese a sentarse a su lado. Entienden que el poeta no se expresa en la lengua de Goethe. Esas mujeres no son soldados, le dan a la alsaciana algo de comida para que pueda reponer un poco sus fuerzas.

La historia se habría terminado ahí, saliendo las tres mujeres del tren, subiéndose a un camión hasta el fuerte de Vimy y luego Lucie huyendo en algún momento entre el tren y el camión, de no ser porque se quedaron dormidas. Cuando se abre la puerta, están juntas. El joven alemán que tiene que acompañar a dos enfermeras a su puesto de trabajo cuenta una y otra vez con los dedos de la mano. *Eins, zwei, drei,* efectivamente, hay *drei* mujeres, pero está prácticamente seguro de que al iniciar el viaje eran *zwei.* En el instante en que está a punto de comprobarlo otra vez, el cielo se desgarra, la atronadora artillería hace temblar el suelo, se gritan órdenes, todo el mundo echa a correr, se tira al suelo. No van a ponerse quisquillosos por una historia de *zwei drei.* El soldado las acompaña a un puesto médico, donde un doctor está retirando una esquirla de obús de una pierna que ya no se parece en nada a una pierna. Lucie no dice nada, retoma los gestos que aprendió en Verdún. Pone una compresa: «Aprieta ahí, así, un poco más fuerte, eso es, perfecto».

Estamos a 25 de marzo de 1917. Tres enfermeras reclutadas ante un ataque que se cree inminente. Los alemanes están bien instalados, bien preparados. Llevan dos años en esa plaza, el avituallamiento funciona perfectamente. Pero saben que algo se está tramando. Están excavando bajo tierra, las tropas canadienses se activan, habrá que resistir.

Durante el día, Lucie cumple con su tarea en la enfermería y, llegada la noche, vuelve a convertirse en la Hija de la Luna, la que se cuela por el *no man's land,* la que acude al encuentro de los soldados abandonados para preguntarles si conocen a su novio. Encontró su rastro gracias a uno de ellos. Un hombre cuya compañía está acampada en Arras y que vio a Joplain partir con los canadienses, y se preguntó qué mosca le habría picado para querer subir a aquella maldita cresta de Vimy.

25

En 1932, cuando más despistado andaba en el caso, apareció por puro milagro uno de los últimos eslabones de la cadena. Había recorrido el país entero y la respuesta estaba ahí. A unos cincuenta metros de mi casa.

Mi limpiabotas de la cara partida esperaba a que llegara algún cliente. El acordeonista ciego tocaba, con aspecto cansino, una vieja tonadilla de las trincheras. Una *Madelon* con poca rasmia. Una Madelon a la que no le quedaba ánimo para servirnos de beber.

Me instalé en la silla y, mientras el limpiabotas me lustraba el zapato izquierdo, su compinche me preguntó si quería una historia que hiciera llorar, o temblar, o reír, o estremecerse.

Sin saber muy bien qué contestar, respondí que ya había oído todas esas historias, que, de hecho, era mi oficio. Se quedó callado. Entonces añadí:

—Lo que me gustaría es una historia de amor.

Asintió con la cabeza y desplegó el acordeón para emitir las primeras notas. Se volvió hacia mí. A pesar de sus gruesas gafas negras, tenía la extraña sensación de que me miraba. Su voz empezó, como de costumbre, con la misma frase:

—Voy a contaros la sorprendente y verdadera historia...

Era su marca de fábrica, la manera que había encontrado para empezar, para atraer la atención de los curiosos. Llevaba varios años oyéndolo. «La sorprendente y verdadera historia del bebé encontrado vivo por un soldado australiano en una trinchera de Pozières en 1916» era, sin discusión, su éxito más arrollador. Seguido de cerca por la de «Marie Marvingt, aviadora que combatió como un soldado en las trincheras hasta que, tras ser descubierta, se puso a trabajar como enfermera».

Y cuando las historias verdaderas no bastaban, cantaba «La fascinante leyenda de...». Tenía a su disposición todo un abanico de cuentos de la Gran Guerra. Soldados que soñaban con un autobús la víspera de su muerte durante la retirada de las tropas inglesas en Mons, en Bélgica, lugar donde los soldados consiguieron salvarse gracias a la intervención de san Jorge y sus ángeles.

Pero sus historias empezaban a cansar. La guerra, la guerra, siempre la guerra, nada más que la guerra. Los curiosos se paraban cada vez menos. A veces le pedían que no chillara tanto.

Ese día contó una historia que yo no había oído nunca. Con esa voz rota suya, empezó:

Voy a contaros la sorprendente y verdadera historia del soldado Georges Hérisson y de su amigo poeta.

Creí que había oído mal. Georges Hérisson, del que me había hablado el viejo del hospital psiquiátrico de Tours y con cuyo rastro nunca di.

El limpiabotas se apartó un poco, mirando perplejo a su acólito.

Es la historia de una joven. Y de su novio,
separados por la guerra, al empezar el verano.
Un otoño sin él no puede concebir.
Su poeta, ¡soldado!, tiembla de miedo.
Tres veranos, tres inviernos, malditas estaciones.
El amor, separados, no se puede vivir.
Así que rastrea a su hombre, sigue a las tropas
por los caminos, los bosques, en las trincheras.

Me contó esta historia Georges el Erizo,
gitano de trincheras, legionario extranjero.
Abril de 1917. Cañones por todas partes.
El mundo masacrado, Europa mutilada.
Francia, animal herido, Pas-de-Calais sacrificado.
Frío negro y nieve espesa, están en Arras.
Hérisson y, a su lado, el poeta.
Están muertos de hambre, frío, hastío, cansancio.

Llegan los canadienses. Buscan franceses
que conozcan Vimy, que puedan ayudarlos.
Vimy es una cresta ocupada por los alemanes,
inexpugnable, llevan intentándolo tres años.
Los canadienses tienen fe, pueden vencer.
Buscan voluntarios, por qué no franceses
que sepan del lugar, los secretos de las trincheras,
y, si no es mucho pedir, por qué no espiar.

El sonido del acordeón iba en aumento. Parecía un vals, palpitante, persistente.

El limpiabotas había dejado de ocuparse de mis zapatos.

Necesitaríamos a dos hombres, misión muy
peligrosa,
no apta para cobardes, buscamos almas valerosas.
Hérisson, el poeta nunca han visto Vimy.
Se necesitan voluntarios. ¿Y quién lo sabe aquí?
Deben acompañar a un indio americano,
lo llaman Tadi, que significa viento.
Y allí se va, flanqueado por un romántico
y Georges Hérisson, fogoso como un volcán.

Rampando por las trincheras, los tres hombres
avanzan
concentrados en el frente, en su defensa piensan.
El poeta sigue ennegreciendo su cuaderno,
en medio de la nieve, escribe sobre el amor.
Nada guarda para él, arranca las páginas

y deposita sus palabras al azar del camino:
un verso o dos tres líneas, perdidos en su estela,
hasta en los subterráneos, palabritas de amor.

Permanecí inmóvil, paralizado. No daba crédito; no podía creer que, al doblar la esquina, estuviera oyendo la historia de Émile Joplain. Podría haber dado la vuelta al mundo por él, y un viejo ciego me confiaba lo que llevaba tanto tiempo buscando. Estaba subyugado.

El acordeonista hizo una pausa. Luego su voz se tornó más suave:

En apenas unos días, alfombra todo el suelo
con trocitos de amor, miles de poemas,
como si nevaran sobre la nieve aún blanda
mensajes destinados a la chica que ama.
No puede escribirle, su casa es alemana,
abandona aquí letras para que oiga ella
el secreto en su corazón al pasar por ahí,
pero que no las encuentre tras morir él.

Sus cartas rotas se las lleva el viento,
de barro y nieve manchadas, luego borradas.
Lo sabe, por supuesto, ya no es un niño.
Cree, ardiente, que ha de probarlo todo.
Así es el poeta: guarda la luz.
Siempre escribirá, sin ira ni cólera.
Es un bello soñador, siempre convencido,
de que ella sabrá así que sigue vivo.

Al ver tal amor, Hérisson y los otros
se animan y engañan a la muerte
en pleno caos: «¡Salud! ¡Salud!».
Amor y vino, al menos hasta el alba.
Noche del 7 de abril, último reconocimiento.
El asalto es inminente, ¡Canadá por Francia!
Hérisson va el primero, él ha de encontrar
un refugio para esconderse, para cobijarse.

Unos tiros, unas balas, Georges repta, se tumba
en un agujero, grande, que ha hecho un obús.
Una sombra a su espalda, un miedo animal,
una mano en su boca, lo han hecho preso.
Se cree condenado, pero siente que lo sueltan.
Es la Hija de la Luna, que parece una apache.
Sus ojos brillan en la noche, su rostro es diáfano.
Él se cree muerto, que su cuerpo se está
marchitando.

Pero oye su voz, que murmura unas notas:
«Busco a un soldado que habla como un poeta,
que es apuesto como un príncipe», dice, y tiembla.
Ella muestra una foto: «¿Ha visto su cara?».
Hérisson se calla, cree que está herido.
La aparición es bella, seguro que sueña.
Y la metralla vuela, perfora la nieve y la noche,
balas a miles que impiden cualquier repliegue.

La calle estaba desierta y el acordeonista solo tocaba para mí y el limpiabotas. Este último me susurró que era la primera vez que oía esa historia.

Una señora se detuvo unos instantes. Al reanudar su marcha, espetó: «Cualquiera no puede ser Rostand».

Empezó a llover, unas gotas muy finas perlaban las gafas oscuras del ciego. No contaba esa historia como sus otras historias. A menos que fuera yo el que no estuviera escuchándola con el mismo oído.

Mi corazón latía con fuerza bajo la camisa.

El fuelle del acordeón parecía, también él, a punto de estallar. Era un viejo acordeón, un acordeón viejísimo al que ya le faltaban varias teclas.

El poeta y Tadi están a menos de veinte pasos.
Junto a ellos disparan y disparan, escupen fuego.
Imposible decirles: «¡La novia está aquí!».
Infierno y purgatorio, en alguna parte, en medio.
Y sin embargo Hérisson grita de alegría en la noche.
Milagro de la guerra, ella está ahí, con él.
No es su amor, pero es un amor al fin y al cabo
en el horror de la guerra, en medio del odio.

Ella se llama Lucie y sus ojos son inmensos.
Él logra decirle que conoce a su poeta,
La joven se contrae, está como en trance.
En un agujero de fango, muerte y esqueletos,
él le cuenta los poemas que florecen en las trincheras,
le dice que está allá abajo, pero que llueve acero.

Cree que ella no entiende o que está loca.
Siguen bloqueados, los obuses vuelan por encima.

Se inclina sobre él y lo besa en plena boca.
Un beso como nunca le habían dado,
un beso, besos a miles que engendran
más besos que a su vez estallan en besos.
Entiende al poeta, por fin lo entiende,
entiende sus poemas, entiende su entusiasmo.
Pero la noche se termina y él está preso.
Sus amigos se han ido, son las órdenes.

Llueve metralla, la tierra está levantada.
Hérisson, enterrado. Espera paciente.
Una buena noticia: hay una brecha.
Y una mala: un gran desprendimiento.
Lo separan de Lucie estacadas, alambradas,
un muro infranqueable, un terrible accidente.
Idea genial, se concierta una cita:
mismo lugar, mañana, una idea demencial.

El limpiabotas se vuelve hacia mí y se le escapa un: «Pero ¿por qué demonios no se la llevó consigo? ¡¿Por qué decidió, en medio de tal caos, darle cita en el lugar más mortífero del mundo?!». Parecía enfadado.

El acordeonista se encogió de hombros, esbozó una sonrisa triste y retomó su acordeón. Con una música casi alegre. Una variación de su extraño vals.

Tiene hambre, tiene sed y está agotado,
vuelve atrás y encuentra a sus amigos.
El poeta y Tadi lo miran asombrados,
pues Georges, exhausto, sonríe pasmado.
Sin hacerse de rogar, cuenta su historia:
el profundo boquete de obús, la mano en la boca,
y la Hija de la Luna, y sus ojos de espejo.
Muro infranqueable, pero esta noche dormimos
fuera.

Le calla el beso, lo guarda para sí,
un beso para después, en su memoria.
El poeta se derrumba, parece aturdido,
no sabe si puede creer tan bella historia.
De rodillas en la nieve, riendo, llorando,
no puede quedarse ahí, la quiere ahora.
Sus amigos le explican, sería imprudente,
pasará el día, hay que ser paciente.

Y sin embargo esa noche no tienen derecho
a partir antes, ni a acercarse a los alemanes,
Ni misión, nada de misiones, esta vez:
hay que quedarse atrás, el asalto es inminente.
Tadi les dice: «Seguidme, amigos míos».
Cuando la luna está muy alta, ya se han ido,
están ahí, esperan, en el sitio de la cita,
en el borde del boquete, en la nieve, en el barro.

Ella no ha llegado, es pronto aún,
los segundos son horas y las horas, años.

Es tarde, hace frío, ¿no es ella, ahí arriba?
No es un soldado, paso demasiado apresurado.
El poeta se yergue, hay que retenerlo,
una bala traidora podría castigarlo.
Oyen su corazón, ven sus ojos brillar,
están en plena guerra con dos enamorados.

El ciego hizo una pausa. Llovía intensamente, ahora. El limpiabotas se había aposentado en el asiento de los clientes. Quería saber cómo seguía, en qué quedaba la balada de los enamorados.

La voz del acordeonista iba volviéndose más grave a medida que avanzaba en su historia. Su acordeón había perdido dos teclas suplementarias.

Ella está a doscientos pasos, a las cinco y veintinueve.
Un obús perfora el cielo, a las cinco y treinta.
Venía de sus líneas, es la guerra, nada nuevo.
Un diluvio de acero, una ola gigante,
los separa para siempre, cien pasos son un mundo
imposible de franquear, pero ella lo intenta,
desciende, llega en esa noche atronadora,
con montañas de tierra, visión espantosa.

Y gritan tras ellos, es la primera carga.
Hay que confesarlo, no van muy allá.
Hérisson y Tadi, y el poeta también,
miran fijamente a la pobre Lucie.
Ella se detiene, anda, no se queda quieta,
una bala la roza, da un paso de lado.

Gavroche avanza, ¡salta las barricadas!
Extraño espectáculo, esa refriega.

La Hija de la Luna parece sojuzgar la muerte:
avanza y danza, sin miedo a la mala suerte.
¡Es Gavroche! El gorrión, los cazadores.
«Siempre apuntan a ella, nunca aciertan.»
La Hija de la Luna no teme la desdicha,
esquiva las emboscadas, en su trayectoria:
se tumba, se levanta, se esconde en un rincón,
luego brinca, desaparece, reaparece, vuelve...

Las revueltas y la guerra tienen en común
que se mata a los niños, se mata a los críos.
A las cinco y treinta y cinco un obús por los aires
se eleva como un pájaro, un pájaro de mal agüero,
parece elegir su presa y su futuro cráter.
Ralentiza su carrera, prepara sus dolores,
inicia el descenso, se toma su tiempo,
Lucie gira sobre sí misma, baila en la nieve.

Salen de los túneles, gritan a su alrededor.
Batalla encarnizada, Vimy para siempre:
hay hombres de pie, otros muchos tendidos,
vivos y muertos. El obús sigue su trayectoria.
Hérisson, el poeta y Tadi erguidos,
se dirigen hacia Lucie, para salvar su amor.
Bombardean, disparan, tiran, matan,
matan a inocentes, solo a inocentes.

El obús cae silbando, a treinta pasos ya,
el obús se toma su tiempo, ¿qué hacer, si no?
Y cae sobre ella, la toma en sus brazos.
Le acaricia la cabeza y la cubre de hierro.
Ella ya no está ahí, sino muy lejos.
Y el poeta grita. Y el poeta grita,
grita para siempre, grita y grita.
Y su grito grita, y todo se vuelve grito.

El acordeonista se detuvo, como si necesitara recuperar el aliento. Se había hecho de noche. Había dejado de llover. Solo estábamos los tres. El limpiabotas y yo unidos por una misma tristeza. El ciego reanudó su cantilena.

No queda nada, el poeta está lívido.
Hérisson y Tadi lo llevan a la retaguardia.
Una bala le da en el hombro, un líquido
corre por su pecho, y las balas asesinas
alcanzan a Tadi, una ráfaga de metralla.
Se acabó, Tadi, ejecutado como un perro.
Hérisson está de pie, arrastra a su amigo.
Muerto por dentro, el cuerpo sigue vivo.

Hérisson, acto reflejo, vuelve a ver a Tadi,
recupera su medalla y se la da al poeta.
Llegan a la retaguardia, a la enfermería.
Curan al poeta como a una marioneta.
Le preguntan su nombre y da la medalla.
Pero no es la suya, así que se llama Tadi.

Y por eso, mucho después de la batalla,
hacia el Saint-Laurent partió el poeta.

Georges Hérisson, que me contó esto,
dejó el frente una semana después
y me pidió que os dijera alto y claro
que la guerra se pierde cuando se gana.
Así que se fue al país de los gitanos
camino del exilio, a una vida sin traba.

El acordeón exhaló un último suspiro. El músico lo miró, entendiendo que no sacaría nada más de él. Lo dejó en el suelo y tendió el sombrero. Me pareció adivinar una lágrima resbalando por debajo de sus gafas negras.

No conseguí aplaudir. El limpiabotas tampoco. Nos dijimos adiós, como dos desconocidos bien educados.

26

Estaba deshecho.

Me senté bajo mi farola, como había hecho diez años antes. La hija pequeña de mis vecinos cruzó por delante de mí paseando un cachorro de perro con una oreja más grande que otra.

—No llore, señor. La guerra ha terminado. Si quiere, le dejo a mi perra, se llama Lorette, hace feliz a la gente.

No pude contener una sonrisa.

—¿Ve usted? ¡Funciona!

Se fue dando saltitos, con el cachorro brincando a su alrededor.

Me sentía vacío, inmensamente vacío. Joplain en América. ¿Para qué seguir buscándolo? Después de todo, me daba igual lo que hubiera sido de él. A medida que había ido profundizando en el caso, había alimentado mi obsesión por esa historia de amor. Confortado con la idea de que Émile y Lucie vencieron allí donde yo fracasé. Soñaba con unos novios enlazados, con dos corazones puros en medio del tumulto. Dos almas que habían sufrido pero que consiguieron reencontrarse.

Émile: en América.

Lucie: Muerta. Así. Después de tres años danzando entre las bombas. Y le tocó morir a unos metros de su novio.

Me entraron ganas de abandonar. Es lo que hice. Me senté en el sofá. Y abrí una botella. Me emborraché una semana seguida. Llamaron a la puerta. Varias veces. Estaba borracho, no quería ver a nadie. Resistí las ganas de ir a casa de Jeanne Joplain a decirle que su hijo estaba vivo pero que no quería saber nada de ella, que prefirió huir al otro lado del océano porque ella había sido incapaz de dejarle vivir su amor.

Una mañana me despertó el ruido de la puerta, que intentaban echar abajo. Unos golpes tremendos la hacían temblar sobre sus goznes. Del otro lado se oía el jadeo de un animal sin resuello.

Acudí lo más deprisa que pude. Un Davisse masajeándose el hombro me contempló aliviado.

—Número de veces que he venido en balde esta semana: siete.

Vio mi mala cara, hizo un rápido barrido del lugar con la mirada.

—Número de días sin afeitar: siete. Número de botellas vacías en el suelo: diecinueve.

Se dirigió a la cocina, puso agua a hervir antes de decirme que tenía información que podía interesarme. Se mantenía erguido como nunca, sus ojos brillaban y su mirada había cambiado. No me atrevía a arruinarle su entusiasmo dándole las noticias trágicas de Vimy.

—Olga —murmuró en un suspiro que se perdió por encima del hervidor.

Entendí la postura, los ojos brillantes y la mirada cambiada. La joven enfermera alemana, que no era tan joven y no era enfermera, estaba de paso para asistir a una reunión de pacifistas en París. Davisse había venido a visitarme en varias ocasiones para convencerme de ir a verla. Ante mi silencio, decidió acudir solo. Buena idea porque, a todas luces, se entendieron particularmente bien. Hablaba con una efusividad desconocida.

—Número de historias de amor surgiendo en mi vida: una.

Imposible cortarlo, inició un largo monólogo sobre la importancia del acercamiento entre los pueblos, de la revisión del Tratado de Versalles, de la desmilitarización de todos los países y de la reconciliación entre los hombres y las mujeres más allá de las fronteras. Me entraron ganas de decirle que me hablara en voz más baja, que me dejara tranquilo.

Paró.

—Bueno..., ahora que empiezas a despertarte... No he venido a contarte mi vida. Olga me ha hablado de Vimy. Menuda historia.

No tuve fuerzas para confesarle que ya lo sabía todo. Volví a sentarme en el sillón. A pesar de mi dolor de cabeza, veía que intentaba ahorrarme más quebraderos.

—Según parece, hacía un tiempo horrible. Nieve, barro, y más nieve. Y, además, un frío tremendo. Una ventisca de mil demonios. Como me contó en sus cartas: con Nadia, ambas acogieron a Lucie bajo sus alas. Número de alas: cuatro. Dicho lo cual, creo que la expresión correcta es *bajo su ala*, en singular, lo que supondría dos alas, partiendo del principio de que cada una la protege con la suya. En suma, ella parecía muy frágil, «como un pajarillo herido», me dijo. Al principio pensaron incluso que había perdido la razón, lo que era bastante probable, en mi opinión. Cuando llegan ellas a Vimy les falta tiempo para holgazanear. Quizá no estuviera cuerda del todo, Lucie, pero había conservado sus reflejos de enfermera y sabía cómo actuar. Olga y Nadia seguían cuidando de ella, velando para que descansara y se alimentara bien. Ella estaba agitada todo el tiempo, mirando a todas partes, como si intentara escapar, aunque entonces ni siquiera estaba prisionera.

—Una noche, lo comprendieron. Ella no estaba allí. Se había esfumado. Número de Lucies presentes en su cama: cero. Sin embargo, por la mañana estaba ahí, de vuelta, cubierta de barro y muerta de frío. La ayudaron a entrar en calor y a asearse, había que intentar no irritar a los médicos con toda esa suciedad. La noche siguiente, lo mismo, y otra vez lo mismo. Olga y Nadia le hacían preguntas, pero la pequeña Himmel no quería decir nada. Una mañana, volvió distinta. Sonreía. Como era realmente la primera vez que lo hacía, ¡no podían creérselo! Parecía feliz. Les contó que había dado con su príncipe poeta y que tenía cita con él. Pero no tuvo tiempo de contar su historia. Número de soldados que surgen del otro lado del corredor: dos. Y se la llevan.

»Su escapada no había pasado desapercibida. Un oficial lo siguió todo con sus gemelos. E ir a conversar con un uniforme enemigo no causaba buena impresión. Hay que decir que en Vimy las líneas del frente estaban pegadas.

»Así que "alsaciana, voy y te encierro en una celda y se te juzgará mañana por 'inteligencia con el enemigo'". No obstante, Olga y Nadia consiguen verla y le llevan agua y algo de comer. Al contrario de lo que se decía, los alemanes no eran unos salvajes. Todos no, en cualquier caso. Ahí, a través de los barrotes, ella les cuenta que tiene una cita, que tienen que sacarla de ahí, que no les causará problemas, que se irá y no volverá. Olga y Nadia están conmovidas. Normal, es una historia conmovedora. Hasta yo, que soy un hombre de cifras, debo confesar que me emocionó. Número de lágrimas que corrieron por mis mejillas: dos. Es decir, dos más que la media habitual en cinco años. Hay que decir que Olga sabe contar bien las historias: tenía la impresión de estar allí mismo.

»En resumen, las dos enfermeras intentan abogar por su causa, sin éxito. Los alemanes tenían cosas más importantes que hacer que ponerse a analizar causas. Número de posibilidades de evasión: cero. Entonces, Nadia tiene una idea. Ella acudirá a la cita. Irá a decirle que Lucie está presa, que lo ama y que tiene que ir a liberarla. Nadia espera y cruza las líneas. Y ahí es cuando empiezan las explosiones. Por todas partes. Y nunca volvió.

¿Qué? ¿Perdona? ¿Repite? ¿Qué acabas de decir? ¿Nadia? ¿Nadia fue quien salió esa noche? Entonces... ¿Lucie?

Me levanté de golpe. Se me pasó la resaca en un momento. Y, además, ¿por qué le daba a Davisse por ser tan hablador? ¿Acaso lo había revolucionado Olga?

—Encantado de ver que te interesa. Lástima que no hayas conocido a Olga, lo contaba todo mucho mejor, sobre todo el momento en que los soldados detienen a Lucie. Me dan escalofríos.

»Por lo demás, les cayó encima un bombardeo de primera, los canadienses echaron el resto. Número de días de ataque: cuatro. Al final no quedaba gran cosa del destacamento alemán. Puedo decirte que no había prisioneros ni juicios en perspectiva. Apenas si los muros se mantenían de pie; las puertas habían saltado en pedazos. Todo el mundo salió huyendo. Olga y Lucie también. Esperaron a que se calmaran las cosas. Era imposible avanzar.

27

La continuación de la historia no es, por desgracia, tan de color de rosa como la revelación permitiría suponer. Olga y Lucie esperaron cerca de una semana antes de poder cruzar las líneas. Se temía que fueran espías: Lucie no era la primera alemana en hablar perfectamente francés. Y hacía demasiado tiempo que había perdido su documentación como para probar cualquier cosa.

Obtuvo autorización para informarse sobre la presencia de un soldado entre las tropas canadienses. Olga se quedaría atrás.

La batalla causó tres mil quinientos noventa y ocho muertos canadienses y no lejos de veinte mil alemanes. Unos soldados estaban clasificando las placas de identificación en una gran mesa donde consignaban los nombres de los desaparecidos. Lucie se unió a ellos. Al final del día, examinó los registros rellenados allí mismo.

Su corazón dejó de latir. «Émile Joplain.»

Estaba oficialmente muerto. Como miles de canadienses, de franceses, de alemanes. Muerto. Émile, muerto. Tenía una cita con ella, y estaba muerto. Quería saber cómo, quería entender, quería resucitarlo, quería verlo, decirle adiós, estrecharlo en sus brazos, llevárselo lejos de la guerra, lejos de las bombas y de aquel olor. Estaba muerto. Lucie quería ponerle flores, peonías, girasoles. Quería decirle que lo amaba, que había estado buscándolo por todas partes, que nunca había tirado la toalla. Muerto, muerto y remuerto.

Estaba sola frente a los registros. No podía aceptar esa realidad. Cogió el tintero que se había quedado ahí y lo volcó sobre la página donde estaba apuntado «Émile Joplain». Vio la tinta cubriendo el nombre y el apellido de su novio, como si nunca los hubieran inscrito ahí.

Regresó junto a Olga, que intentó consolarla como pudo. Le dijo que era posible que se le hubiera soltado la medalla y que él siguiera vivo. Tenía que esperarlo, porque él sabía que ella no estaba lejos. Debía conservar la esperanza.

Lucie, que se hizo pasar por la mujer del soldado Joplain, pidió recuperar la medalla y se le concedió.

Luego esperó. Un día y una noche. Y un segundo día. Y más. De día y de noche. Bajo la nieve y bajo la lluvia. Se quedó muda. Olga iba a buscarle de comer, algo con qué calentarse. Se ocupaba de ella como de una hija.

Transcurrió un mes, el frente se desplazó. Olga se arrepentía de haber dado falsas esperanzas a Lucie. Por mucho que intentara hacerle entrar en razón, resultaba inútil. Permanecía en silencio, con los ojos desorbitados, durmiendo apenas, por miedo a no ver pasar a su novio.

Olga, alemana, era una alemana demasiado alemana como para seguir de ese lado del frente. En una campiña donde habían sufrido tanto por el asalto de sus hermanos, de sus primos, no querían saber nada de la teutona. Y sin trabajo, nada de pan. Al pie de la letra, nada de pan. En aquel momento tomó la decisión de volver a su país.

Consiguió convencer a su amiga de que se fuera también. Darían con su Émile, pero más adelante. No encontrarían a nadie si se dejaban morir. Había que recuperar fuerzas.

Antes de volver a Alemania, Olga tenía que dar con un lugar seguro para Lucie. Un lugar donde se ocuparan de ella. La joven se había quedado sin habla, y las raras veces en que recobraba la palabra era en medio de terribles ataques de pánico durante los que gritaba que había que regresar a Vimy, escarbar en el barro, desenterrar los cuerpos, inspeccionar los hospitales.

Llegaron a París al cabo de unos días. Carecían de recursos. Olga hablaba muy mal francés y con un acento demasiado germánico como para tener posibilidades de encontrar un empleo. Lucie era incapaz de trabajar. Ahora le daban temblores, creía ver a Joplain al doblar una calle, sentado en la terraza de un café o en la plataforma trasera de un tranvía. Lo llamaba en plena noche, luego se callaba durante horas. Aullaba sin que nadie pudiera apaciguarla. Quería partir, quería dormir, quería morir. Era incapaz de dar la dirección de sus padres.

Y luego Lucie le contó a Olga que su apellido real era Joplain. Era la versión que había contado al ejército canadiense, no para encontrar a su novio poeta, sino a su marido. Imposible seguir la pista de los Himmel. De manera que la alemana, al contrario, llegó hasta el umbral de la puerta de Jeanne Joplain. No quisieron abrirle.

—¿Una Lucie Joplain? No, nunca existió y nunca existirá. Se equivoca usted.

Olga acabó por tomar la decisión de llevar a su amiga al hospital. Intentaba hablar lo menos posible para que su acento no la traicionara.

El médico no tardó en diagnosticar una neurosis de guerra. No era muy habitual que una mujer la padeciera. Una suerte para él, que iba a tratarla. Una fabulosa materia de exploración médica.

—¿Una enfermera, dice usted? Perfecto, aquí se sentirá a gusto. ¿Cómo se llama? ¿Choplain? ¿Chopin? Formidable, me encanta el piano.

Olga permaneció confusa, dividida entre el alivio de saber que su amiga estaría en buenas manos y la rapidez con la que había sucedido todo. Emprendió camino hacia el este y tardó dos meses en llegar a su casa, en Baviera.

Quince años después, me presenté ante el hospital Sainte-Anne cavilando qué iba a decirle, sin saber siquiera si Lucie seguía viva.

Pregunté por una tal Lucie Chopin. Me indicaron un edificio, una planta, un corredor. Extrañamente, reinaba el silencio. Oía el ruido de mis zapatos golpeando las baldosas. Una luz mortecina se filtraba a través de las ventanas sucias. Me paré delante de su habitación. Había visitado bastantes hospitales en los últimos años. Sabía que detrás de esa puerta podía encontrarme cualquier cosa. Una mujer sin rostro, un esqueleto atado a los barrotes de la cama. Me había hecho a la idea de que la Lucie que se hallaba ahí tendría muy poco que ver con la de esa foto que me había acompañado siempre desde mi viaje a Molsheim.

Estaba sentada en una silla de madera. Inmóvil. Miraba por una ventana y se volvió hacia mí.

—¿Émile?

No tuve fuerzas para contestarle. Tenía las mejillas enjutas, los ojos apagados. Consiguió esbozar una débil sonrisa.

—¿Émile? ¿Eres tú?

Me acerqué tímidamente.

—Émile, si supieras qué contenta estoy.

Me senté en la cama, a un metro de ella.

—Émile, mi poeta, sabía que vendrías.

No encontré palabras. Dejó de mirarme, sus ojos se volvieron hacia la luz de la ventana.

—Por fin vamos a poder casarnos. Nos iremos a América.

Había dejado de sonreír. Tenía las manos apoyadas en la mesilla de madera con un vaso vacío que llené de agua.

—Gracias, Émile, cariño mío.

Me dispuse a salir sin decir nada.

—¿Volverás, Émile? No sé cómo llegar a América.

Regresé a verla varias veces.

Nunca dije nada. Tenía miedo de que mi voz rompiera el encanto. Nunca intenté hablar con un médico. Ni siquiera con una enfermera, aparte de intercambiar alguna que otra banalidad. Había visto a cientos de enfermos como Lucie en los hospitales. Los heridos olvidados de la Gran Guerra. Los escondían, no los mentaban. No se sabía muy bien qué hacer con ellos. No quería saber qué tratamiento le reservaban, solo esperaba que se librara de los electroshocks.

Les escribí a sus padres, pero me devolvieron la carta. «El destinatario no reside en esta dirección.» Nunca supe qué les había sucedido. ¿Se habían mudado? ¿Habían fallecido? No tuve valor para investigarlo.

Fui a ver a la viuda Joplain para decirle que daba por concluido mi compromiso laboral con ella. Me dijo que no podía hacerlo, que no tenía derecho.

Vio que lo decía muy en serio.

Se echó a llorar. Por primera vez, desde que la conocía, lloraba. Abrió un armario y sacó un sobre que me tendió. Cartas. O más bien inicios de cartas, fragmentos de cartas, ennegrecidas, medio quemadas.

—Él quería que se las enviara —murmuró—. Solo eran sucias cartas de amor. Las eché al fuego. Luego me arrepentí. Salvé lo que pude.

Amor mío:

He pensado en ti hoy.

Como ayer. Como anteayer.

Y mañana, si sigo vivo.

Amor mío:

Ha llovido y he pensado en ti.

Un camarada ha muerto en mis brazos y he pensado en ti.

He comido una mísera sopa y he pensado en ti.

Me colmas.

Amor mío:

Ha pasado un año. Un año que nos han robado.

Un año perdido para siempre.
Amor mío:
Tu carencia me ametralla.
Me duele.
Amor mío:
He pensado en tu vestido. Ya no me acordaba del color.
No me gusta olvidarme de un color.
Era azul, me he acordado. Pero me ha entrado miedo.
Amor mío:
En mí se ha instalado un extraño animal.
Un sabio, un saltimbanqui.
Es demasiado.
Amor mío:
Eres mi sangre, eres mi corazón.
Sin ti tengo frío, sin ti muero.
Amor mío, amor mío:
Repito estas palabras en la noche.
Las diré al término de mi vida.
Quizá sea mañana.
Quizá sea aquí.
Amor mío:
¿Oyes el ruido del tambor?
Dime, ¿lo oyes?
Es mi corazón, que golpea.
Golpea desde hace tres años.
Golpea como un borracho.
Amor mío:
Quiero ir al baile,

contigo solo contigo.
Un baile solo para nosotros.
Daremos vueltas, confieso
que no sé bailar.
Me enseñarás.
Amor mío:
Mi corazón ha llorado hoy.
Mis ojos han latido.
Mis manos solo han sentido tu ausencia.
Amor mío:
Si mueres, muero.
Si te vas, me voy.
Si dejas de amarme, seguiré amándote.
Amor mío:
Un obús ha caído a unos metros.
No me ha dado. Los alemanes no saben
que las flechas solo me alcanzan
el corazón.
Amor mío:
Si estás muerta, llévame contigo.
Si no lo estás, llévame contigo.
Pero, te lo ruego, no mueras.
No sin mí, espérame.

Nos quedamos de pie sin decirnos nada. Mucho tiempo.

Y le dije, lo más suave que pude, que, hasta que se demostrara lo contrario, su hijo había muerto en Vimy en abril de 1917, y que no pensaba seguir intentando demostrar lo contrario.

Cogí el sobre y me fui al hospital. Entré en la habitación de Lucie y le leí los fragmentos de las cartas. Unas lágrimas corrieron por sus mejillas. Cuando terminé, me dio las gracias, me dijo adiós y añadió que cuidara de su Émile.

No volví nunca más.

La viuda Joplain siguió pagándome. Yo entregaba ese dinero al hospital pidiendo que cuidaran de Lucie Chopin.

28

Davisse y Olga se casaron en Múnich ese mismo año. Era 1932. Mi amigo necesitaba cambiar de aires. Yo lo echaba de menos.

Un año después, Hitler era nombrado canciller. Davisse fue el primero en advertirme del auge del nazismo. Acabaron por decidir irse del país en 1935. Sucedían cosas graves, muy graves. Raymond era demasiado francés para Alemania, Olga, demasiado alemana para Francia. Cumplieron el sueño de Émile y Lucie: pusieron rumbo a los Estados Unidos de América. Recibí una postal con la estatua de la Libertad y esta frase garabateada al dorso: «Por fin la hemos encontrado».

En cuanto a mí, quería pasar a otra cosa, aparentar volver a la vida de antes, por qué no, reincorporarme al tranvía. Así que fui a visitar una última vez a los camaradas. Construían cementerios militares por todas partes. Cuarenta y cinco mil compañeros en Notre-Dame-de-Lorette, ciento treinta mil en Douaumont y lo mismo en el resto del país. Cruces de madera, cruces de hormigón, osarios, monumentos. En total, más de ocho millones de muertos. Hombres del mundo entero vinieron a enterrarse aquí, en Bélgica, en Alemania, en Italia.

Me encontré en medio de las cruces. Cientos, miles, idénticas, alineadas. Daba vértigo.

No quería saber cómo iban los compañeros. No iban a ninguna parte, iban a bailar sobre sus tumbas. Lo que habían puesto ahí para rendirles homenaje solo eran años robados.

Volví a casa. No retomé mi vida normal, porque ya no había vida normal. Algunos se preparaban ya para la próxima guerra. Se había dejado de hablar de la última de las últimas. Se decía que se anunciaba una revancha pero que teníamos la Línea Maginot, que no ofrecía la menor duda. Preparaban flores para los fusiles.

Todo se aceleró. Los sueños pacifistas saltaron por los aires. Atravesé esos años como un soldado, sin molestarme en salir de una guerra en la que me metí en 1914.

Davisse me decía que fuera allá, que saliera de esa vieja Europa que rechazaba la paz. Hasta él había perdido la fe.

Esta vez no hubo asesinato de un archiduque heredero. Los alemanes fueron al grano y se anexionaron Austria, tomaron la región de los Sudetes en Checoslovaquia, penetraron en Polonia. Era la guerra.

Lo impensable sucedió. Los nazis pasaron por las Ardenas. Nos creíamos bien protegidos por nuestra Línea Maginot, y a ellos les bastó con rodearla. En 1940 no se reprodujo el milagro del Marne. El 14 de junio, los alemanes entraban en París. Y Pétain, el héroe de Verdún, completó el desastre firmando la capitulación.

Muchos de mis vecinos se fueron. Hoy el barrio está tranquilo. Extrañamente tranquilo. Davisse me ha presionado una vez más para que vaya a reunirme con él. Pero no tengo ningún sitio adonde ir. Mi vida está aquí. Al pie de mi farola.

Ya no llevo ningún caso. Me conformo con mi pensión de invalidez y el dinero que he conseguido ahorrar. No necesito gran cosa. Espero a que la muerte venga a llevarme para reunirme con Anna.

Me enteré de que habían asignado a la viuda Joplain a régimen de tutela, cesando así los envíos de dinero. La llegada de los nazis fue también para ella el golpe de gracia en esa vida pasada corriendo tras la guerra. Para ella como para mí, la única satisfacción consistió en decirnos que, al menos, habíamos ganado la última de las últimas. Su Émile no había muerto en balde. Mis camaradas también cayeron por una buena causa. Veintidós años más tarde: millones de muertos para nada. Y los heridos, los desaparecidos, las vidas rotas. Se contaban las peores atrocidades sobre los nazis, a quienes nos habíamos negado a condenar con contundencia.

Se habla alemán en las calles de París. No es el alemán cantarín de Olga.

Recibí una llamada del hospital donde estaba internada Lucie. Murió hace diez días, el 12 de febrero de 1941.

Solicité ocuparme del entierro. Cuando fui a firmar la documentación, me quedé asombrado por el estado del hospital. Los enfermos agonizan. De hambre. Literalmente. Están esqueléticos. La mayoría ni se sostiene en pie. Están sucios, abandonados. Ya no hay dinero en el hospital.

Pude proporcionarle una pequeña sepultura a Lucie Himmel. Al volver a pensar en los fragmentos de los poemas de Émile, pedí que grabaran ME COLMAS en su tumba.

Estaba solo en el entierro. Lloré. Por primera vez en mucho tiempo. Volví a pensar en su amor, volví a pensar en mi Anna.

La semana pasada, también la viuda Joplain acabó por irse al otro barrio.

No era santa de mi devoción, pero fui a su entierro. No es que hubiera mucha gente, unos cuantos viejos burgueses apretujados unos contra otros.

Un hombre permanecía ligeramente apartado. Tardé unos minutos en reconocerlo.

El acordeonista ciego, sin su acordeón.

El resto de la asistencia no se fijó en él.

Y entonces lo entendí.

Diez años buscándolo por todas partes y estaba justo debajo de mi casa.

Émile Joplain. La misma nariz que su madre. Una cara de niño sobre un cuerpo que empezaba a cansarse. Estaba callado. Le dije que llevaba diez años buscándolo. Pareció sorprendido. Me sonrió y me propuso que fuéramos a tomar un trago a algún lugar donde hiciera calor.

Así me enteré de que nunca lo evacuaron a Canadá. Sufrió un último ataque con gas que le hizo perder la vista. Se quedó en Francia —¿para qué ir a Canadá si no se puede contemplar su belleza?— y encontró un viejo acordeón.

Georges Hérisson, que lo salvó en Vimy, tuvo peor suerte. Unos días más tarde, gravemente herido en la cara, fue enviado a un hospital al sur de París. Cuando Émile se enteró de que se trataba del hospital de Tours por el que había pasado él, se las arregló para que lo trasladaran a París. Nunca más se separaron, el uno limpiando botas, el otro cantando poemas.

Solo sabía hacer eso, escribir poemas. De vuelta en París, se enteró por unos vecinos de que su madre se había negado a abrirle la puerta a Lucie. Nunca se lo perdonó, como tampoco le perdonó que no les dejara casarse en 1914.

Lo último que vio antes del ataque químico que lo dejó ciego fue un poema que acababa de terminar. Metió una mano en el bolsillo interior de su abrigo y sacó un sobre amarillo con las esquinas dobladas.

—Para qué voy a guardarlo, ya no podré leerlo. Me dice que ha pasado casi diez años consagrado a mi amor. Este poema le corresponde a usted.

Cogí el sobre y le di las gracias. Me estrechó la mano y se fue.

No tuve valor para decirle que había acabado por encontrar a Lucie. No quería que la imaginara muriéndose de hambre en la miseria más absoluta a solo unas calles de donde cantaba él.

Volví al cementerio. No había nadie. Solo unos cuervos que graznaban aquí y allá. Miré los nombres en las tumbas y volví a pensar en todas esas tumbas anónimas en Verdún, en Notre-Dame-de-Lorette, por todas partes.

Tenía que contarle a Lucie lo que acababa de pasarme. Me senté en el borde de la lápida. El ramo que deposité diez días antes estaba ya marchito.

LUCIE HIMMEL
1893-1941

Me acordé de un viejo oficial que me dijo un día que las fechas grabadas en una lápida no tenían ningún valor en sí: lo que contaba era el guion entremedias.

Abrí el sobre y saqué una pequeña cuartilla doblada en cuatro. Un guion bien vale un poema.

Nos prometimos que nos amaríamos hasta la
muerte.
Nos prometimos que no tendríamos miedo. Ni de
la guerra, ni de la paz ni de lo que viniera
después.
Nos prometimos que al final ganaríamos, que al
final partiríamos, nos iríamos.
Nos prometimos las Américas.
Nos prometimos que cantaríamos y bailaríamos.
Nos prometimos que descubriríamos un nuevo
color, que inventaríamos un perfume y que
cultivaríamos flores.
Nos prometimos que nadaríamos en todos los
mares, que bogaríamos en todos los océanos.
Nos prometimos la trompeta y la tuba, la caja
clara y los platillos, el piano y el violín. El
sonido del acordeón.
Nos prometimos que si había un final era porque
había un comienzo, un durante, y que nunca
perderíamos.

Nos prometimos que releeríamos a Homero. Que nos aprenderíamos a Rimbaud. Que recitaríamos a Baudelaire. Que rezaríamos con Nerval.
Que no olvidaríamos la suerte y la alegría.
Que daríamos la vuelta al mundo y luego media vuelta.
Que flotaríamos en los vientos, el céfiro y el siroco, la tramontana y el gregal.
Que no dormiríamos más, que no dormiríamos más. O en otro lugar, o más lejos. O a la intemperie.
Que huiríamos de las naciones y amaríamos a los pueblos.
Que viviríamos de música y pan.
De vino y amor.
De embriaguez.
¿Oyes la vida? ¿Oyes la muerte?
Nos prometimos historias que contar e historias que vivir.
Nos prometimos la carne y la boca, los gritos y el aliento.
Los elefantes y las ballenas.
El universo y más aún.
Y siempre el sonido del acordeón.

Queríamos leones, tuvimos ratas.
Queríamos arena, tuvimos barro.
Queríamos el paraíso, tuvimos el infierno.
Queríamos el amor, tuvimos la muerte.
Solo quedaba un acordeón. Desafinado. Y él también va a dejarnos.

AGRADECIMIENTOS

A lo largo de los últimos meses he leído o releído todos los libros escritos durante la guerra y los años siguientes. Pienso sobre todo en *Ceux de 14* de Maurice Genevoix, en *Le grand troupeau* de Jean Giono, en *El fuego* de Henri Barbusse, en *La mano cortada* y *J'ai tué* de Blaise Cendrars, en *El miedo* de Gabriel Chevallier, en *Gaspard* de René Benjamin, en *Les Croix de bois* de Roland Dorgelès, en las *Cartas a Lou* de Guillaume Apollinaire, en *L'Équipage* de Joseph Kessel o incluso, aunque de publicación más reciente, en las *Paroles de poilus*, reunidas por Jean-Pierre Guéneau. Del lado alemán, dos textos me parecen imprescindibles: *Sin novedad en el frente* de Erich Maria Remarque y *Tempestades de acero* de Ernst Jünger.

Los lectores y lectoras que deseen profundizar en ciertas cuestiones históricas o historiográficas encontrarán información en los trabajos de historiadores particularmente valiosos acerca de este periodo: *Après la Grande Guerre. Comment les Amérindiens des États-Unis sont devenus patriotes* de Thomas Grillot, *La Victoire endeuillée* de Bruno Cabanes, *Les Mots des soldats* de Odile Roynette, *Les Femmes au temps de la guerre de 14* de Françoise Thébaud, *Les Fusillés de la Grande Guerre et la mémoire collective (1914-2009)* de Nicolas Offenstadt.

Cierto número de blogs y páginas web son valiosísimas fuentes de información. Pienso por ejemplo en el blog del 347 Regimiento de infantería.

Citemos también la increíble serie documental *Apocalipsis* de Daniel Costelle e Isabelle Clarke, disponible en DVD.

Además, y con ocasión de las conmemoraciones del centenario del conflicto, se difundieron numerosas emisiones y pódcasts en France Inter (*Autant en emporte l'Histoire*), France Culture (*Le Cours de l'Histoire* y *LSD, La Série documentaire*), Europe 1 (*Au cœur de l'histoire*) o RFI. En una de esas emisiones oí la historia del rabino al que todo el mundo tomaba por un cura. Abrumado por decenas de horas de emisión, nunca conseguí encontrar las referencias, pero sé que un periodista o un historiador me la confió, y le doy las gracias.

Los lectores y las lectoras que quieran profundizar más también pueden ir a visitar los numerosos memoriales. Esos lugares donde la tierra martirizada sigue sin cicatrizar han sido una gran fuente de inspiración. Pienso en Verdún, pero también en el Museo de la Gran Guerra de Meaux y en Vimy. Todos han alimentado las páginas de esta novela.

Desde un punto de vista más personal:

En primer lugar, quiero expresar de nuevo mi gratitud y mi amistad a mi editor, David Meulemans.

A Erika, que me acompaña desde hace tantos años en este trabajo de escritura. Gracias por la corneta, por Vimy, por el cuaderno. Y, sobre todo, por lo demás.

A Marie-Laure, por sus mil lecturas, me siento moralmente en deuda con ella hasta el fin de mis días.

A Nicolas, todo oídos y sostén siempre alerta.

A Marc, por sus minuciosas correcciones.

A Manon Pignot, por su mirada de historiadora.

A Ysabelle, Milo y Elliot por el apoyo.

A Emmanuel, por la aventura musical.

A mis abuelos y a mis padres, por haberme transmitido su gusto por las pequeñas historias y la gran Historia.

Gracias a D&C.

Gracias a los representantes que me defienden, a los libreros que me acompañan, a los lectores y las lectoras que me siguen.

Y a los músicos de los sesenta y los setenta que

han desafiado la cronología para agazaparse en estas páginas.

Este libro está dedicado a las víctimas de la guerra. De todas las guerras.